很少有文体能像科幻作品这样既有文学性，又有科学的想象力。科幻能帮助孩子们建立起理性思维，培养孩子的想象力，留住孩子的好奇心。创作出让孩子能看得懂的少年科幻作品，是我一直坚持的目标。

杨鹏

如此神奇的景色让他一时忘记了自己正身处险境。他听说过海里有会发光的生物，但他做梦也没想到它们的数量有这么多。

小岛低矮狭长，陆地上长满了树木。整座岛被一圈明亮狭窄的白色沙滩环绕着，沙滩外似乎有一片又宽又浅的暗礁，因为在离沙滩至少 1600 米处有一排白浪——这通常是海浪打在礁石上形成的。

　　大屏幕上的图案变了。海浪声变弱，海中生物发出的低吟声和吱吱声则更响了。教授又听了好一会儿，然后切换到北面的水听器，最后切换到南面的。

海豚岛被一大片珊瑚礁包围，这些珊瑚礁构成了一个神奇的王国。这里有无数奇异美丽的生物，这里的奇景穷尽一生也探索不完。

约翰尼最后看了一眼，它们离船尾已经好几千米远了。
天边，那些深灰色的身躯不断跃出海面。

希望所有的孩子，
在领略科幻小说的大气磅礴后，
对世界永葆一颗单纯的少年之心。

给少年的科幻经典

Dolphin Island

海豚岛

[英]阿瑟·克拉克 著

张智萌 译

时代出版传媒股份有限公司
安徽科学技术出版社

［皖］版贸登记号：12242143

图书在版编目（CIP）数据

海豚岛 /（英）阿瑟·克拉克著；张智萌译.
合肥：安徽科学技术出版社，2024.9. ——（给少年的
科幻经典）. —— ISBN 978-7-5337-8723-3
Ⅰ. I561.84
中国国家版本馆 CIP 数据核字第 20243ZW214 号

海豚岛
HAITUN DAO
　　　　　　　　　　　　　　　　　　　　　　　　　　　　　　　　［英］阿瑟·克拉克　著
　　　　　　　　　　　　　　　　　　　　　　　　　　　　　　　　张智萌　译

出 版 人：王筱文　　　　　选题策划：高清艳　李梦婷　　　责任编辑：周璟瑜
特约编辑：游瑾雯　　　　　责任校对：张　枫　　　　　　　责任印制：廖小青
封面设计：陈忆航
出版发行：安徽科学技术出版社　　　　　http://www.ahstp.net
　　　　　（合肥市政务文化新区翡翠路 1118 号出版传媒广场，邮编：230071）
　　　　　电话：（0551）63533330
印　　制：安徽新华印刷股份有限公司　电话：（0551）65859551
（如发现印装质量问题，影响阅读，请与印刷厂商联系调换）

开　本：635×900　1/16　　　印张：12　　　插页 4　　　字数：120 千
版　次：2024 年 9 月第 1 版　　　　　2024 年 9 月第 1 次印刷

ISBN 978-7-5337-8723-3　　　　　　　　　　　　　　　定价：26.00 元

打开少年科幻阅读之门

杨鹏

少年科幻作品的创作，一直存在着两种创作本位，即"儿童本位"与"成人本位"。虽然作者在创作时，未必能意识到这一点，但不同的创作本位，在看到的世界图像、展现的精神图景、表现的语言状态、展示的文本形态等方面，都是不一样的。

"儿童本位"是指作者始终站在少儿受众的本位去创作少年科幻作品。在他们的眼中，少儿和成年人一样，是完整、独立的，和成年人完全平等（甚至是更加聪明、具有后喻文化优势、不需要成年人去训诫的"人"）。他们从少儿作为"人"在这一时期的心理特点、兴趣爱好、知识需求、理解能力、阅读期待、与成年人及世界的关系等方面进行创作。作者的态度是防御性的，他们认为少儿的想象力和优秀品质是与生俱来的，成年人的某些僵化的思维与陋习会对孩子的童年和想象力造成损害，因此他们需要不遗余力地保护孩子的童年与想象力。这类作者是少年和儿童的代言人。他们在创作作品时，虽然不能完全放弃其作为成年人的一些特质，如成年人的世界观、价值观等，但他们是在有意识的状态下最大限度地舍弃了其成年人的角色，返回了童年。其实，许多作家内心深处的某一部分从未长大，永远停留在童年或者少年时期的某个阶段，所以他们清晰地记得自己在那个阶段的爱好、需求、对语言的感受、对成年人的看法、对世界的判断，以及什么样的科幻作品最能引起他们的兴趣。因此，他们不需要俯身去迁就少儿读者，只需要按照内心深处那个永远长不大的孩子的眼光、爱好、需求去创作，就能轻而易举地写出俘获少儿读者的科幻小说。

"成人本位"则是以创作者个人的成年人角色为本位去创作少年科幻作品。这一类作家在创作时会坚守自己的成年人视角、思维和理念。在他们的眼中，少儿是"不完整的人"，需要他们用科幻小说去潜移默化地植入正确的科学知识、科学理念、科学方法、科学思维，需要他们用代表人类先进文化、具有前瞻性的科幻小说为武器去抵御外来不良文化和愚昧思想的入侵。他们坚信只有这样，少儿在成长中才不会误入歧途，才能拥有正确的价值观，才能成长为优秀的"人"。这类作者认为他们是少年和儿童的教育者，他们也在保护着少年和儿童。不过，"儿童本位"作家抵御的对象是所有长大的成年人，而"成人本位"作家抵御的对象是与他们世界观不一样的成年人。这类作者在创作少年科幻小说时会俯下身去模仿儿童。他们中的大多数完整地度过了自己的童年，基本上没有童年创伤，但他们的童年经验是模糊、不完整的，甚至是缺失的。他们的创作经验多是来自创作成人科幻小说的经验。他们只是将主人公或主要角色转换成少年或儿童，运用他们心目中的儿童语言去为少年和儿童创作。他们在讲科学原理时，只不过是采用了更加浅显的讲述方式，在创作心态上始终高于儿童。

此外，对于未成年人来说，不同的年龄阶段对作品的需求是不一样的。孩子的年龄越小，在成长过程中阅读作品的形态变化就越大。即使到了小学阶段，低年级的孩子与中高年级的孩子阅读作品的形态也是完全不同的。上初中后，阅读作品的形态逐渐稳定下来，初中生和高中生阅读的作品只是知识和语言难度上的区别。由于这个原因，少年科幻作品在文本形态，如人物塑造、语言结构、故事性、知识程度等方面都是不同的，需要细分。"儿童本位"的作者在为小学阶段的孩子创作作品上更具优势，因为他们内心深处的某一部分仍然停留在这一阶段，深谙这一阶段孩子的心理特点、阅读期待和语言习惯。"成人本位"的作者在创作适合中学阶段读者的作品方面更具优势，因为这个年龄段的青少年阅读的作品与成年人的作品已十分相近，没有阅读壁垒和阅读障碍，心理认同上也更趋向于成年人。

"儿童本位"和"成人本位"在创作上没有高下之分。好的作品都是孩子的良师益友。

本丛书收集了中外科幻小说名家专门为孩子创作的优秀少年科幻小说。这些作品同样可以用"儿童本位"和"成人本位"来区分。了解两种不同的创作本位，我们就得到了打开少年科幻阅读之门的一把钥匙。

目 录

第一章
不速之客

　　一艘气垫飞船沿着旧高速路飞向谷地。约翰尼睡得正香，并没有被这半夜呼啸而过的气垫飞船吵醒，因为气流喷射的声音他都听习惯了。这种神奇的气垫飞船能轻松横跨大陆和大洋，在相距遥远的国家间运送各种奇特的货物。

　　这耳熟的噪声并没有惊扰约翰尼的美梦。可此刻，飞船的呼啸声戛然而止，约翰尼反倒睡不踏实了。他从床上坐起来，揉揉眼睛，侧耳倾听窗外的动静。怎么回事？这里是21号横贯高速路的中段，离最近的总站少说也有640千米，气垫飞船怎么会停在这儿？

　　有个办法能搞清楚。约翰尼犹豫了一下，他本不想在这么冷的冬夜出去，不过他还是鼓足勇气，在肩膀上裹了一条毯子，悄悄推开窗户，来到阳台上。

　　今晚夜色很美，空气凉爽清新，圆圆的月亮照亮了沉睡大地的每个角落。约翰尼在房子的南边，看不到高速路，好在这种老式建筑的窗外都有一整圈阳台，他很快就悄悄绕到了房子北面。经过姨妈和表兄弟的卧室窗外时，约翰尼格外小心，不发出一丝声响。这些亲戚不喜欢他，他很清楚吵醒他们会是什么后果。

所幸屋里的人在冬日的月光下睡得正香，约翰尼踮脚走过窗外，他们一个都没醒。他转眼就把这些人抛到了脑后，因为他看到了气垫飞船——自己不是在做梦。

气垫飞船冲出高速路宽敞的车道，停在了几百米外的平地上，灯光闪烁。约翰尼推测这是一艘货船，而非客船，因为整艘飞船有150米长，却只有一个小观景台。飞船的形状让约翰尼不禁联想到巨型熨斗，只不过熨斗的把手是纵向的，而飞船的舰桥是横向的，呈流线型，在距船头三分之一处。舰桥顶上，一盏红色的警示灯在闪烁，提醒其他飞船避让。

这艘飞船肯定出问题了，约翰尼心想，它会在这停多久呢？来得及跑过去看一眼吗？约翰尼还从没近距离看过停着的气垫飞船呢，平时它们以时速500千米呼啸而过的时候，根本什么也看不清。

约翰尼很快就拿定了主意。他迅速套上他最暖和的衣服，轻轻打开后门，走进了寒冷的夜色。他不会想到，自己再也没有回来。不过就算事先知道，他也不会伤感的。

第二章
"圣安娜号"

离得越近，飞船看着就越大，但远没有10万吨级的粮油运载飞船大。那种巨型飞船偶尔也会飞过这片山谷。这艘气垫飞船可能在1.5万至2万吨级之间，船头印着一行已经褪色的大字"巴西利亚，圣安娜"。月光下，约翰尼能明显看出整艘船需要重新喷漆，再大致清理一下。如果引擎跟船体一样破旧，也就难怪它会抛锚在此了。

约翰尼绕着这头搁浅的钢铁巨兽走了一圈，没看到半个人影。他并不意外。货船主要靠自动驾驶，这么大的飞船可能只需不到十名船员。如果他没猜错，那些船员应该都在引擎室研究哪儿出了问题。

"圣安娜号"不再喷射气流，停在巨大的平底浮力舱上。浮力舱可以让飞船漂浮在海上，长度跟飞船相同。约翰尼沿着浮力舱边上走，弧形的舱壁赫然耸立在他上方，犹如一堵悬空的墙。"墙"上有好几个地方嵌着梯子和扶手，可以借它们攀登到浮力舱顶部，到达离地五六米高的舱门口。

约翰尼望着那些舱门思索起来。爬上去看看怎么样？但舱门很可能锁着。运气好的话，没准能在被船员发现并赶下去之前，到飞船里四处看看呢。这千载难逢的机会，要是错过了他会后悔一辈子的……

约翰尼不再犹豫，开始顺着最近的梯子向上爬。爬到离地5米高的地方时，他又改变了想法，于是停下了脚步。

突然间，弧形的浮力舱外壁颤动起来，他像苍蝇般紧紧扒在上面。一切都太迟了，他已经没有选择的余地。一阵呼啸声划破宁静的夜晚，仿佛数千道龙卷风在怒号。"圣安娜号"正艰难地升空，约翰尼低头一看，船身下方的泥土、砂石和草丛都被气流喷飞了。他不能回头，否则就会被飞船喷出的气流吹走，就像狂风吹走一根羽毛一样轻易。约翰尼只能继续向上爬，在飞船完全开动之前登船。万一舱门锁着怎么办？他不敢想下去。

他很幸运，舱门没锁。金属的舱门表面嵌着一个折叠把手。他推开门，门后是一条昏暗的走廊。他来到了"圣安娜号"内部。终于安全了——他长出一口气。关门的时候，喷气声已经不再尖锐，变成了低沉的闷雷声。与此同时，他感觉到飞船开动了。就这样，他踏上了未知的旅途。

起初他有些害怕，随后一想，也没什么好怕的。他只需找到舰桥，跟船员解释一下，就可以在下一站下船。几个小时后，警察就能把他送回家。

　　家……可他没有家。没有一个地方是他真正的归属。12年前，他的父母在空难中去世，当时他只有4岁。自那以后，他就住在妈妈的姐姐玛莎姨妈家。玛莎姨妈有自己的家庭，一直不满他这个累赘。胖胖的詹姆斯姨父开朗亲切，他在世的时候约翰尼的日子还算好过，但现在姨父也过世了，约翰尼越来越清楚地认识到自己在这个家是多余的。

　　既然如此，又何必回去呢？至少在走投无路之前，他不想回去。机不可失，时不再来，约翰尼越想越觉得，这是命运的安排。现在机会来了，他愿意抓住。

　　首先，他得找个藏身之处。在这么大的飞船里找个地方藏身应该不难。但他不知道"圣安娜号"的结构布局，一不小心，可能就会被某位船员撞见。最好找到货舱的位置，因为在飞船行驶过程中没人会去那里。

　　约翰尼开始四处探索，他感觉自己就像个小偷，不久就彻底迷路了。他沿着昏暗的走道登上螺旋梯，又爬下垂直的梯子，似乎游荡了几千米，经过了很多扇上面有神秘名字的舱门。有一次，他发现一扇门上写着"主机舱"，便抑制不住好奇，冒险打开了那扇门。他缓缓推开一条门缝，发现里面是一间巨大的舱室，到处是涡轮机和压缩机。一人宽的通风管道从天花板延伸到地板，通向舱外，传出尖锐刺耳的呼啸声。主机舱另一头的墙上布满了仪表和按钮，三名船员正在全神贯注地检查。约翰尼觉得他们完全没有注意到他在偷窥，况且他们离约翰尼有15米远，很难发现门被推开了一条缝。

因为舱内太吵没法交谈，那些船员主要靠手势沟通。约翰尼很快就看出来，他们与其说在讨论，不如说在争吵，因为很多动作都很激烈。他们指指仪表，又耸耸肩，最终，其中一人甩甩胳膊，仿佛在说"我不管了"，然后怒气冲冲地走出了主机舱。看来"圣安娜号"上气氛不太融洽呀，约翰尼心想。

几分钟后，约翰尼找到了藏身之处。这是一间小储藏室，大约36平方米，里面堆满了货物和行李。约翰尼看到所有物品的标签上都写着"寄往澳大利亚"，就知道路程非常遥远，他可以安心躲在这里。飞船横跨太平洋到达地球另一边的澳大利亚后才会有人来这儿。

约翰尼在板条箱和包裹之间腾出一小块地方，背靠着一个大包装箱坐下来，松了一口气。包装箱的标签上写着"班达伯格化学私人公司"。他正纳闷"私人公司"是什么，兴奋感和疲惫感同时向他袭来，不一会儿，他就在硬邦邦的金属地板上睡着了。

当他醒来的时候，飞船已经停了。飞船里很安静，一点儿震动也没有。约翰尼看了看手表，距自己上船已经过去5个小时了。这期间，假如"圣安娜号"没有再意外抛锚，那么5个小时应该能轻松驶出1600千米，可能已经到了太平洋沿岸的某个内陆港，装完货就会驶向大洋。

约翰尼意识到，如果他现在被抓住，冒险将就此结束。他最好原地不动，等飞船再次启程开到海上。到那时，那些船员绝对不会为了让一个16岁的偷渡者下船而调转船头。

但他又饿又渴，早晚得出去找食物和水。"圣安娜号"可能会在此地停留好几天，等到饥渴难耐之时，他也只得离开这个藏身处……

约翰尼很难不去想吃的，因为现在是他每天吃早饭的时间。他坚定地对自己说，伟大的探险家能克服比这更糟的困境。

幸运的是，"圣安娜号"在这个港口只停留了一个小时。约翰尼先是感到地板开始震动，然后听到远处传来刺耳的喷气声。他这才放下心来，因为他确定飞船已离地升空。随后他感到飞船前进时的一股冲力，这更加佐证了他的判断。

接着，约翰尼想，如果他没算错，如果这个港口真的是这艘飞船在陆地上停靠的最后一站，那么再过两个小时就该到海上了。

他耐心等待了两个小时，现在即便让船员发现自己也无妨了。他带着一丝紧张走出储藏室，去寻找船员，也希望自己能找到吃的。

但是找船员并不像他想象得那么容易。从外面看，"圣安娜号"很大，它的内部更是巨大无比。约翰尼越来越饿，可他仍然没有看到任何人。

不过，他发现了一个小舷窗，透过舷窗，他第一次看到了飞船外面的景色。这个发现令他欢欣鼓舞，虽然舷窗的视野不太好，但也足够了。目之所及，尽是汹涌的灰色波涛，看不到陆地，只有海水以惊人的速度从船底掠过。

这是约翰尼第一次看见海。他从小生活在内陆，在亚利桑那州沙漠中的水耕①农场和俄克拉荷马州的新型森林一带长大。看到这狂野不羁的滚滚波涛，他感到非常神奇，也有点儿害怕。他在舷窗前站了许久。看着窗外，他明白自己早已远离了故土，将去往一无所知的国家。现在后悔为时已晚……

他偶然发现了飞船的救生艇，解决了食物问题。救生艇长约7米，是全封闭式的汽艇，艇身上有开口，可以像窗

---

① 水耕：无土栽培方法，又称水培、营养液栽培。

户那样打开。两架小型起重机把救生艇吊在中间，需要时可以把救生艇投放到海里。

约翰尼爬进救生艇，首先注意到一个储物柜，上面标着"应急干粮"。内心只挣扎了半分钟，他就吃起压缩饼干和某种肉干来。即便水罐里的水有一股锈味，他也一口气喝光了。解了口渴，他感觉舒服多了。虽然比不上坐豪华游轮，但现在这点辛苦他还能忍受。

有了食物，约翰尼改变了计划。他可以全程躲起来，不必"投降"，幸运的话，飞船靠岸后还能偷偷溜下船。虽说不知道下船之后该怎么办，但澳大利亚那么大，他相信总会有办法的。

最多再过20个小时，飞船就会靠岸。约翰尼带着足够维持这段时间的食物，回到藏身处休息。他打了几个盹儿，不时看看手表，估算"圣安娜号"到了什么地方。飞船会不会在夏威夷或其他某个太平洋岛屿停靠呢？他希望不会。他可是迫不及待开始新生活了。

有一两次，他想起了玛莎姨妈。他走后，姨妈会难过吗？肯定不会，而且表兄弟们肯定也很高兴能摆脱他。他想，等以后自己有钱了，一定要再找到他们，看看他们脸上会是什么表情。还有他的许多同学，尤其是那些嘲笑他身材瘦小、叫他"小不点"的，他要让这些人看看，头脑和毅力比肌肉更重要……约翰尼愉快地沉浸在幻想之中，慢慢进入了梦乡。

突如其来的爆炸声把沉睡中的约翰尼震醒了。几秒钟后，他感到"圣安娜号"坠入了海中。灯熄灭了，周围陷入一片漆黑。

第三章
绝处逢生

约翰尼从没这么惊恐过。他四肢瘫软，胸闷得喘不上气，感觉像是快要淹死了——如果无法逃离这里，他很快就会淹死。

他必须找到出路，但周围全是货箱，他摸索着，很快迷失了方向。他就像身处噩梦，努力想跑却跑不掉——但这不是梦，一切都太真实了。

不知撞上了什么东西，疼痛和惊吓打断了他的恐慌。他意识到，在黑暗中横冲直撞是没用的。他应该朝一个方向移动，直到摸到墙壁，再沿着墙壁找到门。

这个办法不错，只是障碍物太多，他好半天才摸到光滑的金属壁，正是这间货舱的墙。之后就容易多了。他终于找到门，猛地推开，激动得差点儿流泪。外面的走廊并不像他担心的那样漆黑，主光源虽然熄灭了，但紧急照明灯还亮着，微弱的蓝光足够使他看得清。

这时，约翰尼闻到了烟味，意识到"圣安娜号"起火了。他还注意到走廊朝引擎所在的船尾方向严重倾斜。约翰尼猜测船体已被炸坏，海水正灌进来。

他无法确定飞船是否安全。船身越来越倾斜，被海水挤压得嘎吱作响，摇摆不定。约翰尼感觉胃里一阵难受，这是晕船的症状。他努力让自己忽略胃里的不适，集中精力思考更重要的事——逃生。

如果飞船要沉了，他得赶紧前往停放救生艇的地方，其他船员肯定也在赶往那里。船员们看到他一定很惊讶，但愿救生艇上还有位置给他。

可是救生艇在哪？他只去过一次停放处，时间充裕的话他肯定能找到路，可他现在缺的就是时间。他太着急了，走错了好几个岔口，只能原路返回。有一次，一堵巨大的钢舱壁挡住了他的去路，可他明明记得这条路之前是通的。舱壁边缘烟雾缭绕，约翰尼能够清楚地听到另一边不断传来爆裂声。他赶紧转身，沿着昏暗的过道往回飞奔。

终于找到路了！他筋疲力尽，心有余悸。没错，就是这条走廊，尽头有一小段台阶，上去就是停放救生艇的地方。马上就到了，他不再保存体力，全速跑了过去。

他没记错。走廊尽头确实有台阶，但救生艇不见了。

舱门大开着，起重机的吊臂伸出船外，空空的滑轮组晃来晃去，仿佛在嘲笑他。狂风卷起一阵阵浪花，从投放救生艇出去的大开着的舱门外飞溅进来。约翰尼的嘴里充满了海水又咸又苦的味道，很快，他就会尝个够。

他万念俱灰，走到舱门边眺望着大海。那高挂夜空的明月曾经照耀着他冒险之旅的起点，而现在照耀着旅程的终点。下方几米，汹涌的海浪拍打着船身，不时冲上来，在他脚下打转。或许"圣安娜号"别处没有进水，但这里很快要被淹没了。

不远处传来低沉的爆炸声，紧急照明灯闪烁着，最终熄灭了。这些灯帮了他大忙。要是没有这些灯，他在黑暗中不可能找到来这里的路。但来这里又有什么用呢？他在这艘正在下沉的飞船上，离陆地几百千米，孤立无援。

他望向夜晚的海面，没有找到救生艇的踪迹。船还没沉，船员一般不会离得太远。他之所以看不见救生艇，很可能是因为它正在"圣安娜号"的另一侧待命。船员们迅速放下了救生艇，显然是因为他们知道情况非常危急。不知"圣安娜号"有没有运载易燃易爆的货物——如果有，那么飞船随时会爆炸。

一个浪头打在约翰尼的脸上，浪花使他睁不开眼睛。就在这短短几分钟里，水位已经明显升高。约翰尼难以相信这么大的飞船竟然会沉得这么快。他知道气垫飞船的材料很轻，根本无法应对这种状况。他估计再过十分钟左右，水就会淹没他的脚。

然而他错了。突然，"圣安娜号"不再缓慢下沉，而是猛地向一侧倾斜，仿若一只垂死的野兽试图最后一次起身。直觉告诉他飞船马上就要沉了，他必须尽快离开这里，越远越好。

　　准备好面对冰冷的海水，他干净利落地跳入了海中。随后，他惊讶地发现海水并不凉，而是温的。他忘了，在刚刚几小时里，他已经从冬天来到了夏天。

　　浮出水面后，他开始拼尽全力游泳，虽然动作笨拙，但速度挺快。他听到身后传来可怕的咯咯巨响，还有间歇泉①喷发般的呼啸声。突然，所有声音都停止了，只有风浪呜咽着掠过他，遁入黑夜之中。年久失修的"圣安娜号"缓缓沉没了，没有掀起乱流，也没有产生约翰尼害怕的漩涡。

　　确定已无危险后，他开始一边踩水一边观察周围的情况。他首先发现救生艇就在离他不到800米的地方。他挥舞双臂，用最大的声音呼救——可是救生艇已经开走了，就算有人回头，也很难看见他。况且，船员们不会想到还有别的幸存者要救。

　　现在只剩他一人，头顶淡黄的月亮正向西边落下，南半球的天空中闪烁着陌生的星星。海水的浮力比他学游泳

---

①间歇泉：间断喷发的温泉，多发生于火山运动活跃的区域。

的小河的浮力要大得多，他能漂浮好几个小时。但不管他能漂浮多久，结果都一样。不可能有人发现他，他最后的希望已经随着救生艇的离去破灭了。

什么东西撞了他一下，他吓了一跳——是飞船的残骸。约翰尼注意到四周的海面上全是漂浮的物体。这个发现让他稍稍振作了一些。如果能造个筏子，他生还的概率就会大大增加。没准他能坐着筏子漂到陆地，就像一百多年前乘坐著名的"康提基号"帆船顺着太平洋洋流航行的那些人一样。

约翰尼朝着那些缓缓旋转的残骸碎片游去。海面平静了许多，沉船泄漏的石油缓解了海浪的冲击力，海浪迟缓地起伏着，不再汹涌澎湃。起初，海浪的高度还令约翰尼害怕不已，而现在，他随着海浪上下起伏，才发现海浪没什么好怕的，自己可以轻松驾驭最大的浪。尽管身处困境，他还是对这个发现感到十分激动。

不久，他的周围就满是漂浮的箱子、木板、空瓶和各种小碎片。这些对他而言都没有用，他想找个能坐上去的大一点的东西。就在他快要放弃的时候，他注意到15米外有一个黑黑的长方形物体在海浪中浮沉。

约翰尼游了过去，欣喜地发现这是一个大包装箱。他费力地爬了上去。这个箱子承受得住他的重量，不过他坐上去时并不稳，箱子差点儿翻倒。约翰尼索性平躺在上面，箱子这才得以稳稳地浮在海浪中。木箱露出水面仅六七厘米高，借着明亮的月光，他看清箱子上印着"请存放在阴凉干燥处"几个字。

干燥？一点儿也不，他只觉得越来越冷。风吹过他湿透的衣服，他冷得直哆嗦，然而在太阳升起前，他只能忍耐。他看了一眼手表，手表果然停了。就算不停，这块表显示的时间也不准了。他这才意识到，从偷偷登上不幸的"圣安娜号"开始，自己已经跨越好几个时区了。他的手表至少快了6个小时。

他在"木筏"上瑟瑟发抖地等待着，听着海浪的声音，看着月亮慢慢落下。虽然心中忧虑不安，但他不再那么害怕了。几次死里逃生的经历让他觉得自己能克服任何困难。就算没有食物和水，他也能活好几天。之后的事他不愿多想。

月亮从天边落下，夜色更浓了。与此同时，他惊讶地发现海里漂浮着光点，它们像灯牌一样忽明忽灭，在他的"木筏"后方形成一条发光的航道。他把手伸进水里，指尖仿佛流淌出火焰。

如此神奇的景色让他一时忘记了自己正身处险境。他听说过海里有会发光的生物，但他做梦也没想到它们的数量有这么多。他第一次感受到海洋的神奇与神秘。地球表面约3/4是海洋，而现在它掌控着他的命运。

月亮落到了地平线上，似乎徘徊了一会儿，最终沉了下去。天空繁星点点。相比古老星座中的星星，人造卫星显得更亮，它们是人类在探索太空的这五十年里发射的。不过这些星星和人造卫星都没有海里闪烁的无数星光明亮，约翰尼觉得自己的"木筏"仿佛漂浮在一片火海之上。

　　虽然月亮已经完全落下，但黎明的曙光过了好久才出现。只见东方的天空现出一丝微弱的亮光，约翰尼热切地注视着那道亮光沿着地平线蔓延，终于，太阳的金边从世界的边缘冒了出来，他的心激动得怦怦直跳。不过几秒钟，天上的星星和海里的星光就都消失了，仿佛从未存在过一般——天亮了。

　　约翰尼还没来得及好好欣赏美丽的黎明，就看到几十个灰色的三角形背鳍正从西面径直朝他游来。飞快的速度和明显的意图令他毛骨悚然。黎明带来的希望一下子破灭了。

第四章
海豚护卫队

那些背鳍划破水面，飞速朝"木筏"游来，约翰尼不禁想起自己读过的，遭遇海难的船员被鲨鱼袭击的可怕故事。他尽可能把身体蜷成一团，待在木箱中央，木箱随之剧烈晃动，他意识到此刻只需轻轻一推，木箱就会翻倒。他并不害怕，只是有些遗憾，因为没人会知道他的遭遇。另外，若是自己真遭遇不测，他希望能给个痛快……

很快，"木筏"被一个个光滑的灰色身体包围了，它们如同过山车一般，贴着海面优雅地起落。虽然约翰尼对海洋生物知之甚少，但他敢肯定鲨鱼不是这样游的。而且这些动物跟他一样会呼吸空气。它们游过他身边时，他不但听到了呼哧呼哧的呼吸声，还瞥见它们的呼吸孔一张一合——原来它们是海豚！

约翰尼放松下来，不再蜷缩在"木筏"中央。他经常在影视剧里看见海豚，知道它们是聪明友善的动物。海豚像孩子般在"圣安娜号"的残片之间嬉戏，用流线型的喙部顶起漂浮的杂物，并发出奇特的口哨声和吱吱声。离约翰尼几米外就有一只海豚，它直立起身子，将整个头露出水面，喙部顶着一块木板，就像马戏团的动物在表演一样。它仿佛在对同伴们说："快看！看我多厉害！"

"明明不是人类，却拥有智慧，真是不可思议。"约翰尼想。那只海豚转头看到约翰尼，立马丢掉了自己的"玩具"，显然是吃了一惊。然后它沉到水里，兴奋地吱吱叫。几秒钟后，约翰尼就被一群闪闪发亮的好奇的脸庞围住了。海豚的嘴角是自然上翘的，所以它们看上去笑眯眯的。这笑容太有感染力了，约翰尼也不禁朝它们微笑。

有了伙伴，他不再感到孤单，尽管它们不是人类，也无法救他。那些皮革般的鸽灰色身躯在四周自在地游动，在"圣安娜号"的残片之间追逐，这番景象让他着迷。约翰尼很快发现它们纯粹在玩耍，就像春天草地里的一群蹦蹦跳跳的小羊羔，跟约翰尼想象中的海洋生物完全不一样。

海豚们不时从水中探出头看他，仿佛在确认他没有离开。约翰尼脱下湿透的衣服，在阳光下摊开晒干，海豚们十分好奇地看着，然后约翰尼认真地问它们自己接下来该做什么，它们似乎也在认真思考答案。

约翰尼显然该找个东西遮阳，不然他会被这热带的烈日活活晒死。幸运的是，这个问题很快得以解决：他捞起几块浮木，用手帕把它们绑在一起，再铺上他的衬衫——一个小棚子就做好了。约翰尼对自己的"杰作"相当自豪，盼着围观的海豚会夸赞他机智。

现在他无事可做了，只能躺在棚子下方保存体力，任凭风浪把自己带向未知的命运。他不饿，虽然渴得嘴唇发干，但还能再坚持几小时。

海面平静多了，漂满石油的海浪微微起伏着。约翰尼突然想起一句话："在深海的摇篮中晃动。"此时此刻，他深有体会。大海是那么宁静，让约翰尼的内心重获安宁，他几乎忘了自己正身处绝境。他凝视着碧蓝的大海和蔚蓝的天空，看着奇特又美丽的海豚在水中穿梭，它们有时跃出水面，有时又潜入水下，尽情享受着生之喜悦……

有东西碰到了"木筏"，惊醒了约翰尼。现在已是正午，他一时不敢相信自己竟然睡着了。接着，"木筏"又被撞了一下——这次他看清是怎么回事了。

四只并排游的海豚正在水中推着"木筏"。"木筏"前进的速度已经远超人游泳的速度，而且还在加速。约翰尼吃惊地看着这群近在咫尺的海豚，它们拍打着水花，从"鼻子"里不停地喷气。它们在玩游戏吗？约翰尼立刻否定了自己的想法。因为海豚此刻的行为跟之前完全不一样，是有意识、有目的的，不是在玩。所有海豚都朝着同一方向不停地游动。目之所及，前后左右全是海豚，即便没有上百只，也至少有几十只，他被它们围在中间。它们就像一支骑兵团在海中行进，而他就在这个骑兵方阵的中心。

他不知道海豚还会推着他前进多久。它们丝毫没有懈怠的迹象。不时有一只海豚离开"木筏"，另一只海豚会立即接替它，这样就能保持速度不变。海豚推着"木筏"前进的速度很难判断，约翰尼估计时速不低于8千米。他也不知道海豚在朝哪个方向前进。因为太阳刚好在头顶上方，他无法靠太阳判断方向。

过了好久，他才知道自己正朝西前进，因为太阳正在他的前方缓缓落下。夜晚即将来临，他感到很欣慰。暴晒了一整天，他渴望夜的凉爽。此刻的他嘴唇干裂，极度口渴。周围的海水非常诱人，但他知道喝海水十分危险。他渴得都忘了饿，不过就算现在有吃的，他也咽不下去。

终于，在一片金红色的光芒中，太阳落了下去。月亮和星星升起，星空下，海豚仍在向西游着。约翰尼估算，倘若它们保持这样的速度游一夜，大约能行进160千米。照这么看，这群海豚肯定有明确的目的地，会是哪儿呢？这群友善聪明的海豚正带他前往那里，他开始期盼不远处就是陆地。不过他实在不明白它们为什么愿意费这么大力气帮助他。

这是约翰尼经历过的最漫长的一夜，他渴得越来越厉害，难以入睡。更令他痛苦的是，白天他被严重晒伤，现在翻来覆去怎么躺都不舒服。大部分时间他只能仰卧，用衣服盖住疼痛的部位，焦躁地看着月亮和星星缓缓爬过天空。有时，明亮的人造卫星会从西向东飘过天空，速度比其他反方向移动的星星快。

如果宇宙空间站的人员用仪器搜寻，应该能轻松定位到他——想到这，约翰尼既恼火，又沮丧。那些人确实没理由为他展开搜索。

月亮也落下去了，在黎明到来前的片刻黑暗中，大海再次被磷光①点亮，勾勒出海豚们优雅美丽的流线型的轮廓。每当一只海豚跃出水面，就会形成一道在夜空中闪耀的彩虹。

这次约翰尼不再为黎明的到来而欣喜，因为他知道，在热带的烈日下，他的防晒措施几乎毫无效果。他重新搭起小棚子，然后爬了进去，努力不让自己去想喝水的事。可这谈何容易。每隔几分钟，他的脑海里就会浮现出冰奶昔和冰果汁，还有波光粼粼的潺潺清泉。不过他在海上漂流的时间还不到30个小时，要知道人类在没有水的情况下

①磷光：物质受摩擦、振动或光、热、电波的作用所发出的光。此处指海洋生物发出的光。

存活的时间要比这长得多。

唯一能让他振作起来的是海豚护卫队的毅力与活力。这群海豚仍在推着"木筏"向西行进，速度丝毫未减。约翰尼不再研究海豚的神秘行为，他想，等时机到了，这个问题自会有答案。就算永远没有答案，他也无所谓了。

等到上午，他终于看到了陆地。起初，他怀疑那只是地平线上的一朵云，但如果是云，要如何解释那片天空中只有那一朵，还恰恰位于自己的正前方呢？这未免太奇怪了。没过多久他就确信那是一座岛，它似乎漂浮在水面上，岛的轮廓在热浪中闪烁跳动。

一个小时后，他看得更清楚了。小岛低矮狭长，陆地上长满了树木。整座岛被一圈明亮狭窄的白色沙滩环绕着，沙滩外似乎有一片又宽又浅的暗礁，因为在离沙滩至少1600米处有一排白浪——这通常是海浪打在礁石上形成的。

起先约翰尼没看到岛上有人的踪迹，但没过多久他就欣喜地发现，岛上的树林中升起了一缕烟。有烟的地方就有人，还有他全身都在渴求的淡水。

在离小岛还有好几千米处，约翰尼吃惊地发现海豚们正朝小岛的一侧行进，似乎想绕过那块已经近在咫尺的陆地。随后他明白了它们的意图。暗礁是个巨大的障碍，它们打算绕过暗礁，在小岛的另一边靠岸。

绕道至少花了一个小时，不过约翰尼并不着急，因为现在他确信自己基本脱离危险了。随着海豚护卫队推着"木筏"逐渐靠近小岛的西面，他首先看到了几艘停靠在一起的小船，然后看到了几栋低矮的白色建筑，接着是一排棚屋，很多深色皮肤的人在棚屋间走动。他不禁感叹，在太平洋的这座孤岛上，竟然住着这么多人。

　　这时，约翰尼觉察到海豚们犹豫不前，似乎不想游到浅水区。它们慢慢把"木筏"推向那些停泊的小船，然后退到一边，仿佛在说："你自己过去吧。"

　　约翰尼多么想对这群海豚说些感谢的话啊，但他的嘴干得说不出话来。他轻轻走下"木筏"，发现水只有齐腰深，于是便朝岸边走去。

　　有人沿着海滩朝约翰尼跑来，但约翰尼没有立刻迎向他们，而是转身望向那群可爱又强大的海豚，是它们带他完成了这段不可思议的旅程。他感激地朝海豚们挥手告别，海豚们已经转身游向大海深处的家园了。

　　然后，约翰尼感到自己的腿好像不听使唤了。当他倒在沙子上的时候，海豚、小岛和其他一切都从他的意识中消失了。

第五章

海豚岛

约翰尼醒来时，发现自己躺在一张矮床上，房间里很干净，墙面是白色的。风扇在他的头顶吹着，一丝阳光透过窗帘的缝隙照进来。房间里只有一把藤椅、一张小桌子、一个抽屉柜和一个脸盆。约翰尼从屋子的陈设看出这是医院，空气中还有淡淡的消毒剂味。

他从床上坐起来，立即痛得哇哇大叫。他觉得自己从头到脚像着了火一样。他低头一看，自己的皮肤大片大片地脱落，身体红通通的。晒伤最严重的部位被涂上了白色药膏，看来有人给他治疗过。

约翰尼明白自己近期都动弹不得了，于是倒回床上，却不由得又痛得叫了起来。这时，门开了，一位高大的女护士走了进来。她的手臂就像圆柱形抱枕，又粗又长，其他部位也同样壮硕，目测她的体重至少有100千克。不过她并非病态的肥胖，只是身材魁梧而已。

"小伙子，"她说，"你喊什么？我还从没见过因为这点晒伤就大喊大叫的人。"

护士的话让约翰尼很生气。他刚要回应，只见护士扁平的棕色脸庞绽开了笑容，他只好把话咽了回去，勉强挤出一个微笑，顺从地让护士测量脉搏和体温。

"好了，"护士收起体温计，"我会用药物帮你入睡，等你睡醒了就一点儿也不疼了。不过你得先告诉我你的住址，我们好联系你的家人。"

听到这话，约翰尼僵住了。历经这么多艰险，他决不要就这么回家。

"我没有家人，"他说，"也没有人可联系。"

护士挑了挑眉，她并不相信约翰尼的话。

"这样啊，那我这就给你助眠药。"

"等等，"约翰尼恳求道，"请告诉我这是哪儿——是澳大利亚吗？"

护士没有马上回答，她拿起量杯，缓缓倒进一些无色的液体。

"是，也不是。"她说，"这里是大堡礁①的一座海岛，位于澳大利亚境内，但离澳大利亚大陆有160千米。

---

① 大堡礁：世界自然遗产之一，位于澳大利亚，是地球上最大最长的珊瑚礁群。

你能来到这里非常幸运。给，喝吧——它不难喝。"

约翰尼露出厌恶的表情，但他尝了一口，发现确实没那么难喝。喝下药，他又问："这地方叫什么？"

高大的护士咯咯笑了起来，听起来像是一场暴风雨。

"你应该能猜到。"她说。

助眠药起效非常快，约翰尼勉强听到了护士的话，然后又失去了意识。

"我们管这儿叫海豚岛。"

再次醒来时，约翰尼感觉身体有点儿僵硬，但晒伤全好了。他的皮肤蜕了一半，之后的几天他像蛇一样仍一直在蜕皮。

护士告诉约翰尼，自己叫泰西，来自汤加群岛①。她满意地看着约翰尼吃完鸡蛋、罐头肉，还有不少热带水果。约翰尼觉得自己已经康复了，迫不及待地想去外面看看。

"先别急，"泰西说，"有的是时间。"她在一大堆衣服里翻来找去，想找几件约翰尼能穿的上衣和短裤。

"给，试试大小合不合适。这顶帽子也拿去。注意防晒，让自己慢慢晒黑。要是你再来我这治晒伤，我可是会非常生气的。"

①汤加群岛：汤加王国的领土，位于太平洋西南部。

"我会注意的。"约翰尼保证道。要是惹泰西生气，麻烦可就大了。

泰西把两根手指放到嘴里，吹了一声口哨。一个小女孩很快走进来。

"海豚小子交给你了，安妮。"泰西说，"你带他去办公楼，博士正等着呢。"

约翰尼跟在小女孩身后走着，路上满是珊瑚碎片，它们在强烈的日光下白得刺眼。两个孩子走在大树的树荫下，这些树很像橡树，但叶子要大得多。约翰尼有点儿失望，因为他一直以为热带岛屿上长的都是棕榈树。

不一会儿，他们沿着狭窄的小路来到一片宽阔的林中空地，约翰尼发现面前是一排混凝土平房，房子之间有带遮阳棚的人行道。有的房子有大窗户，能看到里面的人在干活，有的房子一扇窗户都没有，许多管子和电缆通向其中，房内好像装有机器。

约翰尼跟着他的小向导走上通往主楼的台阶。经过窗户时，他发现屋里的人正好奇地盯着他。这也难怪，毕竟他来到这里的方式实在不同寻常。有时他甚至怀疑那段与海豚同行的奇异之旅只是他的想象，因为这一切实在太离奇，让人难以置信。他也怀疑这个地方是否真的如泰西所说叫海豚岛。如果是真的，未免也太巧了。

给约翰尼带路的小女孩似乎非常害羞，或者说非常胆小。她一言未发，把他带到一扇门前就离开了。门牌上写着"基思博士——副主任"，约翰尼敲了敲门，等到里面的人说"进来"，就推门走了进去。这间办公室很大，开着空调，约翰尼从炎热的室外进来，顿时觉得十分凉爽。

基思博士是个四十多岁的男人，看上去像大学教授。尽管他坐在桌子后面，约翰尼也看得出他特别瘦、特别高。

基思博士指着一把椅子，用略带鼻音的嗓音对约翰尼招呼道："坐吧，孩子。"

约翰尼不喜欢别人叫他"孩子"，也不习惯基思博士的澳大利亚口音，毕竟他从没接触过有澳大利亚口音的人。但他还是礼貌地说了句"谢谢您"，然后坐了下来，准备听听博士要说什么。

基思博士的话完全出乎他的意料："先说说你的遭遇吧——从'圣安娜号'沉没之后讲起。"

约翰尼目瞪口呆地盯着基思博士，看来自己准备的说辞都白费了。其实他还没完全想好该怎么说，但他想，可以先谎称自己是失忆的遇难水手。一旦这些人知道他是怎么来的，就能查出他的家在哪里，然后肯定会马上送他回家。

约翰尼决定不轻易放弃。

"我没听说过'圣——'什么的呀。"他故作天真地回答。

"放聪明点，孩子。你以这么新奇的方式登岛，我们自然会用无线电联系海岸警卫队，询问有无失事的船只。他们说气垫货船'圣安娜号'在我们东面约160千米处的海域沉没了。货船上的船员已到达布里斯班^①市，并汇报所有人员，包括货船上的猫，都获救了。

"这看似排除了你与'圣安娜号'之间的联系，不过我们灵机一动，想到你可能是偷渡者。之后只需沿'圣安娜号'的行驶路线依次联系当地的警察——"基思博士停顿了一下，从桌子上拿起一支石楠木烟斗仔细端详起来，仿佛从没见过这个东西。这时，约翰尼意识到基思博士是在逗他，更加不喜欢他了。

"没想到离家出走的小孩儿竟然那么多。"基思博士继续说道，"我们花了好几个小时才查明你的身份。不过，我们给你的玛莎姨妈打电话时，她的语气听起来并不十分感激。怪不得你会离家出走。"

也许基思博士也没那么讨厌，约翰尼想。

"可我已经到了这儿，你们打算怎么处理？"约翰尼问道。他惊慌地发现自己的声音竟有一丝颤抖，沮丧的泪水几乎要夺眶而出。

"目前还不能把你怎么样。"基思博士说。约翰尼的心中马上又燃起了希望。"我们的船去了大陆，明天才

---

① 布里斯班：澳大利亚第三大城市。

返航，之后再过一个星期才会出海，所以这8天你就待在岛上吧。"

8天！约翰尼想，他的运气还没有用光。8天可以做很多事情，他一定要想办法留下。

接下来的半个小时，约翰尼讲述了自己如何从沉船处来到这里，基思博士记了下来，提了些问题。他对约翰尼的经历似乎并不意外，等约翰尼讲完，他就从书桌抽屉里拿出了一叠海豚的照片。约翰尼从来不知道世上有这么多种海豚。

"你能认出送你来的海豚吗？"基思博士问道。

"我看看。"约翰尼翻看海豚的照片，很快挑出了最像的三张和有点儿像的两张。

基思博士对他挑出的照片很满意。

"没错，"他说，"就在这其中。"接着，他问了约翰尼一个非常奇怪的问题："有没有哪只海豚跟你说过话？"

约翰尼以为博士在开玩笑，可他的表情十分认真。

"它们会发出各种叫声——吱吱声、口哨声，还会大叫——但我都听不懂。"

"有没有这种声音？"基思博士问。他按了一下桌子上的一个按键，办公室一侧的扩音器里传来像是生锈的铁门铰链发出的嘎吱声。接下来的一连串声音让约翰尼联想到老式内燃机发动的声音。再然后是一句清晰的"早上好，基思博士"。

这句话的语速比人类说得快得多，却吐字清晰。而且约翰尼一听就知道，这既不是回声，也不是鹦鹉模仿人类说话的声音。说出"早上好，基思博士"这句话的动物很清楚自己在表达什么。

"你好像很吃惊。"基思博士笑着说，"你没听说过海豚会说话吗？"

约翰尼摇了摇头。

"半个世纪前，人们就发现海豚有自己的语言，而且这种语言很复杂。我们一直在尝试学习海豚的语言，同时也试图教海豚说简单的英语。我们已经取得了巨大的进展，这归功于卡赞教授研究出的技术。等他从大陆回来，你就会见到他。他非常想听你的故事。在此之前，我得先找个人照看你。"

基思博士按下一个开关，对讲机里立刻传来应答声。

"这里是学校。有什么事，博士？"

"哪个高年级男生现在有空？"

"米克正闲着。"

"让他到我的办公室来。"

约翰尼叹了口气。即使在这么偏远的小岛上，他也逃不开学校呀。

第六章
环岛之行

　　米克·瑙鲁是个好向导，他只有一个缺点，就是爱说大话。他讲的奇闻逸事多数都太离谱，没必要当真，但有些话约翰尼也难辨真假。比如，泰西护士离开老家是因为汤加的其他"大姑娘"取笑她太瘦小，这是真的吗？约翰尼不信，但米克说这事千真万确。"不信，你去问她。"米克顶着一头乌黑浓密的卷发，表情无比认真。

　　所幸他说的其他事情不难查证，而且他对正事还是很认真负责的。基思博士把约翰尼交给他后，他马上就带约翰尼快速游览了整座岛，并为约翰尼介绍了岛上的风土地貌。

　　海豚岛不大，东西却不少，约翰尼花了好几天才熟悉这里。他首先了解到这座岛上有两类居民：一类是研究所的科学家和技术人员，另一类是以驾船捕鱼为生的渔民。渔民中有一部分人负责发电、供水以及其他基础服务，如做饭、洗衣、照料小牧场里精心饲养的十头奶牛等。

"为了抵制教授加工海豚奶，我们引进了奶牛。"米克说，"那是岛上发生的唯一一次'叛乱'。"

"你在岛上生活多久了？"约翰尼问，"你是在这里出生的吗？"

"不是，我们一族人五年前才来到这里，那时我12岁。我们来自北部托雷斯海峡附近的达恩利岛。海豚岛的工作报酬高，这个岛名听起来就有意思。"

"这个岛真的有意思吗？"

"当然！我都不想回达恩利岛了，也不想去大陆。等你见过珊瑚礁就明白了。"

他们离开开阔的大道，横穿森林抄近路。林中树木茂密，但也不难辟出路来，这样的小森林几乎覆盖全岛。约翰尼本以为热带森林中有许多荆棘和蔓生植物，但这里全都没有。岛上的植物虽是野生的，但生长有序。

一些树的根部被一小堆棍子支撑着，约翰尼看了好一会儿才明白那些棍子也是树的一部分。仿佛是大树害怕脚下柔软的泥土承受不住自己，就在地面上生长出额外的树根来支撑。

"这是露兜树，"米克解释道，"我吃过这种树的果实，特别难吃。小心！"

　　他提醒得太晚了。约翰尼的右腿已经陷进了泥土里，直没到膝盖。他挣扎着想要脱身，结果左腿也陷了进去，而且比右腿陷得更深。

　　"抱歉，"米克说，但他的表情没有丝毫歉意，"我忘了提醒你。这里住着一群羊肉鸟①。这种鸟像兔子似的

————————————

①羊肉鸟：一种海鸟，常见于澳大利亚等地。

在地洞里筑巢。有的地方满地都是巢洞，一走过去就会陷进去。"

"谢谢你告诉我啊。"约翰尼没好气地说。他爬出来，掸去身上的尘土。看来在海豚岛上要学的东西真不少。

一路上，约翰尼又陷进羊肉鸟的地洞里好几次，才终于走出树林，来到了小岛东面的沙滩上，面前是广阔的太平洋。自己竟从比那天边更遥远的地方来到此处，真让人难以置信。这是一个自己至今都无法理解的奇迹。

沙滩上只有他们俩。这儿没有人生活的痕迹。东面的海岸常年受季风影响，因此所有建筑和码头设施都建在岛的西面。沙滩上有一段巨大的树干，这是某次飓风袭击小岛留下的痕迹。经过常年的暴晒，这段树干已发白。沙滩上还有无数死珊瑚碎块，重达好几吨，都是被海浪冲上来的，但现在此处风平浪静。

两人走在满是珊瑚碎块的海滩与森林之间的沙丘地带。米克寻找着什么，不久他就找到了。

似乎有个大家伙从海里爬上沙滩，留下了坦克车辙般的痕迹。痕迹一直延伸至远高于海水水位的地方。在痕迹的尽头，有一片沙子被平整过，米克就在那用手挖了起来。

约翰尼也来帮他。他们向下挖了30厘米左右，然后看到了几十枚形似乒乓球的蛋，蛋壳并不硬，是柔韧的皮质。米克脱下上衣当作袋子，把蛋尽可能多地往里装。

"你知道这是什么蛋吗？"米克问。

"知道。"约翰尼马上答道。听了这话，米克的表情显然有些失望。

"是海龟蛋。"约翰尼说，"我在电视上看过一部电影，讲了小海龟是如何破壳而出，从沙子里爬出来的。你拿海龟蛋做什么？"

"当然是吃了。可以炒饭，好吃极了。"

"呃，我才不会吃呢。"约翰尼不情愿地说。

"你不会感觉到自己吃的是海龟蛋，"米克说，"我们的厨子厨艺可好了。"

他们沿着曲折的海岸绕过岛的北面，到达岛的西面，最后回到住处。在离住处不远的地方有一个大池塘，可能是蓄水池，有一条水道将它与大海连接起来。现在正值落潮，水道的闸门已关闭。等到涨潮，海水就会被引入水池。

"逛完了，"米克说，"这就是岛的全貌。"

水池里，两只海豚正慢慢沿着池边游，它们跟约翰尼在海里见过的海豚一模一样。约翰尼想近距离观察它们，但水池周围有一圈铁丝网，他无法靠近。铁丝网上挂着一块牌子，上面写着一行红色大字：请勿喧哗——水听器正在运行。

他们蹑手蹑脚地走过水池后，米克向约翰尼解释道：

"教授不许其他人在海豚附近说话，说这会让海豚感到困惑。有一天晚上，有个渔民来到这里，他喝多了，对着海豚骂了很多脏话。教授知道后大发雷霆，那个渔民立刻就被赶出小岛了。"

"教授是个什么样的人？"约翰尼问。

"他人很好——除了周日下午。"

"周日下午会怎样？"

"每个周日早上，他的太太都会打电话催他回家。他不想回家，他总说他不喜欢莫斯科，夏天太热，冬天太冷。然后他们就会大吵一架。但不久他们又会和好，每隔几个月在雅尔塔那样的地方见上一面。"

约翰尼思考了一番。他要尽快掌握有关卡赞教授的一切信息，帮助自己增加留在岛上的机会。米克的话让他有点儿担心，好在周日刚过，这几天教授的心情应该都还不错。

"教授真的会说海豚语吗？"约翰尼问，"我觉得没人能模仿那么怪异的叫声。"

"他只会说几个词，但他能用电脑翻译录下的海豚语，还能把要对海豚说的话翻译成海豚语，再录制成磁带，播放给海豚听。这个过程很复杂，但他确实成功了。"

米克的讲述勾起了约翰尼的好奇心。平时约翰尼也总爱刨根问底。可他实在无法想象人类要怎么学海豚语。当他向米克说出心中的困惑时，米克说道："这个嘛，你有没有思考过自己是怎么学会说话的？"

"可能是通过听妈妈说话吧。"说到这，约翰尼有点儿难过。妈妈只存在于他的回忆中了。

"没错。所以教授把一对海豚母子单独养在一个水池里。在小海豚的成长过程中，他一直监听小海豚跟妈妈的对话，这样他就跟小海豚一起学会海豚语了。"

"这也太简单了吧。"约翰尼说。

"并不简单，教授学了好几年呢，现在还在学。他已经掌握了几千个词汇，都开始编写海豚史了。"

"海豚史？"

"嗯，海豚的历史。因为海豚不会写书，所以它们的记忆力超强。它们能告诉我们很久以前海里发生的事——反正教授是这么说的。这确实有道理。在发明文字之前，人类也是靠脑子记住所有事情的。海豚也一样。"

直到他们完成环岛之行，回到办公楼之前，约翰尼一直在琢磨米克讲述的那些惊人的事实。看着眼前的建筑和建筑里数不清的忙碌的工人和复杂的机器，约翰尼突然想到一个现实的问题。

"钱从哪来？"他问道，"这项研究肯定需要不少钱。"

"跟投入太空项目的资金相比不算多。"米克回答，"15年前，教授和6名助手启动了这个研究项目。只要研究取得成果，那些财大气粗的科学基金会就会全额资助他。为了迎接一群自称是检查委员会的老顽固，我们每半年就要进行一次大扫除。听教授说，在这之前，日子过得有意思多了。"

也许吧，约翰尼想。不过即便是现在，约翰尼也觉得这里很有趣，他希望自己能够留下来细细体会。

第七章
卡赞教授

"飞鱼号"水翼船的时速有50海里。它从澳大利亚大陆出发，一路贴着海面向东飞驰，不到两个小时就到达了海豚岛。在接近岛外的暗礁时，"飞鱼号"收起巨大的水翼，落回海里，像普通船艇那样，以10海里的时速缓慢靠岸。

看到全岛的人朝码头走去，约翰尼知道是"飞鱼号"回来了。出于好奇，他也跟着人群来到沙滩上，只见白色的小艇小心翼翼地驶过了在珊瑚礁之间辟出的航道。

卡赞教授是第一个下船上岸的人。他身穿一套洁白的热带西装①，头戴一顶宽檐帽。岛上的技术人员、渔民、办公人员和孩子们一起热烈欢迎他归来。海豚岛的社区非常民主，人人平等。但约翰尼很快发现，卡赞教授在岛民心

①热带西装：适用于热带地区的轻薄面料西装。

中的地位很高，岛民拥护他、尊敬他，以他为豪。

约翰尼还发现，来海边看"飞鱼号"靠岸的人都在帮忙卸船。接下来的一个小时里，他也和那些人一起把无数包裹和货箱从船上运到仓库。约翰尼干完活，正喝着冷饮，广播里突然传唤他尽快去技术部。

约翰尼来到技术部，他被领进一个满是电子设备的大房间，卡赞教授和基思博士正坐在精密的控制台前，完全没注意到他。约翰尼并不在意，眼前的一切令他着迷。扩音器重复播放着一连串奇怪的声音。这声音很像约翰尼听过的海豚的叫声，但有细微的差别。听了十几遍后，他终于明白这些声音被"慢放"了，好让人类迟钝的耳朵能捕捉到其中的细节。

不止如此。每当扩音器播放海豚的叫声时，大屏幕上就会出现一幅图案。这幅图案由明暗交错的条纹组成，看着像地图。约翰尼没受过训练，什么也看不懂，但教授和博士显然从图案中得到了很多信息。每当屏幕上出现图案，他们就会聚精会神地观察，不时转动按钮，将一些区域调亮，另一些区域调暗。

卡赞教授突然注意到了约翰尼，他关掉声音，从座位上转过身。但他没关掉画面，约翰尼的目光不由得被吸引过去。大屏幕上的图案无声地、有节奏地不停出现。

约翰尼好好打量了卡赞教授一番。这位科学家身材偏胖，年近六十，头发花白。他的表情既亲切，又疏离，似乎想与大家友好相处，但更想独自思考。约翰尼发现，除了休息的时候，教授大部分时间都不太好相处，即使他正跟你说着话，也显得有些心不在焉。但他和人们通常以为的那种心不在焉的人又不太一样。在处理实际问题时，卡赞教授比谁都全神贯注。他似乎能够一心二用，在处理日常事务的同时，思考如何攻克某个深奥的科学难题。难怪他常常看上去像在倾听只有自己听得见的心声。

"坐吧，约翰尼。"教授说，"我在澳大利亚大陆期间，基思博士通过无线电给我讲了你的事。你应该知道自己有多幸运吧？"

"是的，我知道，先生。"约翰尼颇有感触地回答。

"几百年前，人们就知道海豚有时会救人上岸。其实这类传说至少可以追溯到两千多年前，但直到我们这个时代才被加以重视。要知道，海豚可不仅仅是把你推上岸，它们还带着你游了160千米。最重要的是，它们把你直接带到了我们这儿。我们非常想弄清楚它们为什么那么做。你知道原因吗？"

教授的询问让约翰尼受宠若惊。"嗯，"他慢慢地说，"我想它们一定知道您在研究海豚，尽管我无法想象它们是怎么知道的。"

"这很简单。"基思博士插嘴道，"肯定是我们放归海里的海豚告诉它们的。约翰尼刚来的时候，从我给他看的照片里认出了其中5只呢。"

卡赞教授点了点头。

"对，这也让我们获得了一条重要信息。那就是我们研究的近海的海豚跟它们的近亲——深海的海豚说的是同一种语言。"

"但我们仍然不了解它们救人的动机。"基思博士说，"那些深海的海豚从未直接接触过人类，它们如此大费周章，可能是有求于人类，迫切需要我们的帮助。它们之所以救约翰尼，也许是想表达'我们帮了你们，该你们帮我们了'。"

"有这个可能，"卡赞教授表示赞同，"但我们只是空谈。想知道救约翰尼的海豚用意何在只有一个办法——去问它们。"

"那也得先找到它们才行。"基思博士说。

"如果它们真的有求于我们，就不会离我们太远。也许我们在这里就能联系上。"

卡赞教授拨动一台大型机器上的一个开关，屋里又响起了声音。但约翰尼很快发现，这次听到的不是一只海豚发出的声音，而是海里所有的声音。

这声音极为庞杂，各种嘶嘶声、噼啪声、隆隆声交织在一起，有的像叽叽喳喳的鸟叫声，有的像来自远方的低吟声，还有一阵阵的海浪声。

他们听了好一会儿这不可思议的"交响乐"，然后教授打开另一个开关。

"刚才听的是西面的水听器，"教授向约翰尼解释道，"我们再听听东面的。东面的水听器在更深的海里，设在珊瑚礁外缘。"

大屏幕上的图案变了。海浪声变弱，海中生物发出的低吟声和吱吱声则更响了。教授又听了好一会儿，然后切换到北面的水听器，最后切换到南面的。

"你把录音带放进分析仪。"他对基思博士说，"我敢肯定，方圆30千米内没有大群海豚活动的迹象。"

"那样的话，我的猜想就不成立了。"

"也不一定。游30千米对海豚来说很轻松。别忘了，海豚会捕食其他动物，它们会跟踪猎物，不可能一直停留在同一个地方。用不了多久，那群救了约翰尼的海豚就会把珊瑚礁附近的鱼吃个精光。"教授站起身，接着说道，"你留在这儿分析录音带，我得去水池了。来吧，约翰尼，我带你去见见我的好朋友。"

教授和约翰尼朝海滩走去。教授似乎陷入了沉思，突然，他熟练地吹起一连串快速变调的口哨，把约翰尼吓了一跳。

约翰尼吃惊的表情逗得教授哈哈大笑。"没人能流利地说海豚语，"教授说，"我大致能讲十几句常用语。虽然我不断练习，但我的发音也许很不标准。只有熟悉我的海豚才听得懂我说的话。有时我觉得它们也没听懂，只是出于礼貌回应而已。"

教授打开通向水池的门，进门后又仔细地锁上。

"大家都想跟苏茜和斯普特尼克玩，但我不让，"教授解释道，"起码在我教它们英语时不可以。"

苏茜是一只皮肤光亮的雌海豚，重约135千克。看到有人走来，它兴奋得直立起来，将半个身子露出水面。斯普特尼克9个月大了，是苏茜的儿子。它不像苏茜那么热情，也可能是害羞，一直躲在妈妈的身后。

"你好，苏茜。"教授的发音非常清晰，"你好，斯普特尼克。"说完，教授噘起嘴，吹出了那串复杂的口哨。吹到一半，他好像发觉自己出错了，低声骂了一句，然后重新吹了一次。

苏茜被教授逗乐了，发出一阵"笑声"，随即朝两位来客喷了一股水，不过它很有礼貌，没有弄湿他们。随后，它游到教授面前，教授从口袋里掏出一个装满海豚零食的塑料袋。

教授拿起一块零食举到空中，苏茜后退几米，接着如同火箭般猛地从水里蹿出来，干净利落地从教授的指间叼走食物，又潜入水池，几乎没溅起水花。然后它浮出水面，清晰地"说"："谢谢教授。"

苏茜显然还想吃，但卡赞教授摇了摇头。

"不行，苏茜，"他拍着苏茜的背说，"不能再吃了。就要开饭了。"

苏茜用呼吸孔喷了一口气，仿佛在表达不满，然后它像摩托艇一样绕着水池飞速游动，显然在炫技。斯普特尼克则跟在妈妈身边。

教授对约翰尼说："你试试喂斯普特尼克，它好像不信任我。"

约翰尼拿起零食，一股浓浓的鱼、油和化学品混合的味道直冲鼻腔。后来他才知道，这种零食是教授潜心多年研制出的，海豚们非常爱吃。对它们来说，这种零食就像糖果，为了能吃到零食，它们什么都愿意做。

约翰尼跪在水池边，挥动手中的零食。

"斯普特尼克！"他喊道，"来吃呀，斯普特尼克！"

小海豚把头露出水面，戒备地看着约翰尼。它看了看妈妈，接着看了看卡赞教授，然后又看了看约翰尼。它一副很想吃的模样，却不靠近约翰尼，而是喷了一口气，迅速潜入水里，开始在水池深处乱窜。它就像拿不定主意的人类，漫无目的地游来游去。

"它可能害怕教授。"约翰尼心想。他沿着池边走，站在离教授15米远的地方再次呼唤斯普特尼克。

约翰尼猜对了。斯普特尼克重新观察了一下，觉得非常满意，慢慢地向他游去。它抬起头，张开嘴巴，露出好多小尖牙，似乎仍有些戒备。然后它从约翰尼手中叼走零食。看到自己的手指没被咬到，约翰尼松了一口气。毕竟斯普特尼克是肉食性动物，喂它就好比徒手喂小狮子，约翰尼难免担心有危险。

　　小海豚在水池边徘徊，显然还想吃。"不行，斯普特尼克，"约翰尼想起教授对苏茜说的话，"不行哟，就要开饭了。"

　　斯普特尼克迟迟不愿离开，于是约翰尼伸手抚摸它。它虽然有点儿害羞，但没有退缩，任凭约翰尼的手沿着它的背轻抚。约翰尼惊奇地发现，海豚的皮肤像橡胶一般柔软而有弹性，它们与长满鳞的鱼完全不同。凡是摸过海豚的人，就不会忘记它们是温血哺乳动物。

　　约翰尼本想继续和斯普特尼克玩，但教授朝他比画了一个该离开的手势。离开水池后，教授开玩笑说："我好伤心。我一直无法接近斯普特尼克，而你第一次来就做到了。你好像挺擅长跟海豚相处，以前养过宠物吗？"

　　"没有，先生，"约翰尼说，"我只养过蝌蚪，那是很久以前的事了。"

　　"哈哈，"教授轻笑着说，"蝌蚪可算不上宠物。"

　　他们又走了几米，卡赞教授继续聊起来，但他的语气与之前截然不同。他不再把约翰尼当作一个比他小四十多岁的孩子，而是以平辈的语气对他说道："我是一名科学家，但也是个迷信的农民。我越来越觉得是命运指引你来这里的。首先，你来这里的方式就像希腊神话里才会发生的事。其次，斯普特尼克愿意吃你喂的零食——这当然纯属巧合，但聪明人就要懂得利用巧合。"

他到底想说什么？约翰尼不明白，教授也不再开口。就在他们快要到技术部的时候，教授突然轻笑着说："我知道你不想回家。"

听到这话，约翰尼的心怦怦直跳。

"没错，先生，"约翰尼赶忙说，"我想留在这儿，越久越好。我想再多了解您的海豚。"

"不是我的，"教授坚决地纠正道，"每只海豚都是独立的个体，拥有个体权利和在陆地上生活的我们想象不到的自由。它们不属于任何人，我希望永远如此。我想帮助海豚不只是为了科学研究，对我来说，这也是一种荣幸。永远不要把它们当成动物，在海豚语里它们自称'海洋一族'，这才是和它们最匹配的名称。"

约翰尼第一次看到教授这么激动，他完全理解教授的感受。"海洋一族"救了他的命，他希望能报答这份恩情。

第八章
探索珊瑚礁

　　海豚岛被一大片珊瑚礁包围，这些珊瑚礁构成了一个神奇的王国。这里有无数奇异美丽的生物，这里的奇景穷尽一生也探索不完。约翰尼做梦都没想到世上竟然有这种地方，陆地上的原野和森林与之相比无不黯然失色。

　　满潮①时，珊瑚礁被海水完全淹没，只露出环岛的一圈狭窄的白色沙滩。但几小时后，景色就大不相同了。虽然满潮与干潮②之间海平面的落差还不到1米，但由于珊瑚礁的地势过于平坦，海水会退到几千米之外，甚至有几个方位在退潮后完全看不到海水，目之所及是开阔的珊瑚平原。

　　这时正适合去探索珊瑚礁，装备只需一双厚实的鞋、一顶遮阳的宽檐帽和一副潜水眼镜。鞋子无疑是最重要

---

①满潮：在潮汐的一个涨落周期内，水面上升达到的最高潮位。
②干潮：在潮汐的一个涨落周期内，水面下降到达的最低潮位。

的，因为珊瑚又脆又锋利，会划伤皮肤。伤口一旦感染，要好几个星期才能痊愈。

约翰尼第一次去珊瑚礁时，米克是他的向导，他不知道自己会遇见什么，对他来说一切是那么陌生，甚至有一点儿可怕。起初他小心翼翼，直到渐渐熟悉周围的环境才放开胆子。他的做法很明智。珊瑚礁上有些小东西看起来人畜无害，实际上一不小心就会被它们伤害性命。

约翰尼和米克从海豚岛西侧的海滩出发，径直朝大海走去。退潮时，这里露出的珊瑚礁只有800米宽。他们首先走过一片毫无生机的地带，满地都是死珊瑚的碎片，它们历经了几百年的风雨，被冲积到一起。整个海豚岛就是由这样的珊瑚碎片堆积而成的，日积月累，珊瑚碎片上覆盖了一层薄薄的土壤，随后长出了草，最终长出树木。

很快，他们告别了死珊瑚区域，来到一座满是奇特的石化植物的"花园"。这些五颜六色的石化植物就是珊瑚，它们绝大部分像巨大的蘑菇，还有一些形似纤细的枝杈，十分坚硬，人们可以放心地踩在上面。尽管珊瑚的外形像植物，但其实是由动物创造的。约翰尼弯腰仔细观察，发现这些珊瑚的表面有无数小孔。每个小孔都是一只珊瑚虫的"房间"。珊瑚虫的外形像小海葵，会分泌石灰质，珊瑚虫"房间"的外壳便是它一生分泌的所有石灰质积聚在一起形成的。珊瑚虫死后留下空的外壳，下一代珊

瑚虫就在此基础上继续建造外壳。经年累月，珊瑚便越积越大。眼前这片在阳光下熠熠生辉，绵延数千米的珊瑚高地，就是由比指甲还小的珊瑚虫建造而成的。

整座大堡礁沿澳大利亚海岸绵延2000多千米，这片珊瑚只是广袤的大堡礁的一个小角落。"大堡礁是生物在地球表面创造的规模最大的杰作"——约翰尼现在才明白卡赞教授说的这句话。

约翰尼很快发现，除了珊瑚，他还踩到了别的生物。突然，在他面前1米远的地方，一股水柱喷了出来。

"什么东西？"他吓得倒吸了一口气。

看到约翰尼这么惊讶，米克笑了。

"是蛤蜊，"米克简短地回答，"它听见你走近了。"

约翰尼又发现了一只蛤蜊，正好看到了它喷水的过程。这只蛤蜊外壳长约30厘米，垂直嵌在珊瑚中，张着口。它的身体有一部分伸出壳外，像一块被祖母绿和蓝色浸染的天鹅绒。米克对着蛤蜊旁边的石头踩了一脚，蛤蜊立刻警觉地合上壳，它向上射出的水柱差点儿喷到约翰尼脸上。

"这只太小了，"米克不屑地说，"得去水深的地方才能捡到大的，它们能长到1.5米长。我爷爷说，他以前在库克敦①的采珠船上干活儿的时候，见过一只3.5米长的大

①库克敦：澳大利亚昆士兰州港口小镇。

蛤蜊。不过他就爱吹牛，我才不信。"

约翰尼也不相信有1.5米长的蛤蜊。但后来他发现米克说的是真的。有关珊瑚礁及其生物的传说也不全是子虚乌有。

他们继续前进，一路上不时有受惊的蛤蜊喷出水柱。他们走了100米左右，来到岩礁上的一个小潮池①边。没有风，池水清澈，波澜不惊，鱼儿在池水深处飞快地游来游去，犹如在空中翱翔。

那些鱼儿的颜色像彩虹一样缤纷，身上还有条纹、圆圈和斑点，仿佛是某位疯狂的画家拿起调色板乱涂乱画的杰作。就算最艳丽的蝴蝶，也比不上在珊瑚间穿梭的鱼儿更多彩。

潮池里还有许多其他的生物。顺着米克指的方向，约翰尼看见两条长长的触须从一个小洞口探出来，不断地来回摆动，像是在探察外面的世界。

"是彩色龙虾，"米克说，"回去时再路过这里的话，我们可以把它抓走。抹点黄油烤一烤，可好吃了。"

接着，米克又带约翰尼看了二十多种生物。有长着漂亮花纹的贝类；有在池底缓慢爬行，寻找猎物的五角海

---

①潮池：地形低洼且充满岩石和海水的地方。涨潮时，海水涌入，会淹没在水下；退潮时，在岩石间形成一个个水池。

星；有拿空螺壳当作自己家的寄居蟹；还有一种酷似巨型蛞蝓的动物，米克一戳，它就喷出一团紫色的墨汁。

他们还看见了一只章鱼，约翰尼还是头一回见到章鱼。它只有几厘米长，害羞地潜伏在阴影中，只有像米克这样的海洋动物专家才能发现它。米克把它赶出了藏身地，它优雅地在珊瑚上爬行，同时，身体的颜色也从暗灰色变为淡粉色。约翰尼觉得这小家伙还挺好看的，不过等他见到大个儿的章鱼应该就不会这么想了。

约翰尼真想在这个小潮池边观察一整天，但米克急着要走。他们继续朝远方的大海迂回跋涉，避开过于脆弱的珊瑚，以免踩空。

走着走着，米克捡起一个有斑点状花纹的海螺，它的形状和大小跟松果差不多。

"看。"他把海螺举到约翰尼面前。

海螺的一端伸出一个尖尖的黑色钩子，就像一把小镰刀，正徒劳地朝约翰尼挥舞。

"这东西有剧毒，"米克说，"被刺到会疼得厉害，甚至可能有生命危险。"

米克把海螺放回礁石上。约翰尼看着海螺，心想，外表美丽无害，竟能致命！他牢牢记住了这一点。

他还获知，只要遵循两条常识，探索珊瑚礁时就能尽最大可能避免危险。第一条是注意脚下，第二条是绝对不要碰任何不熟悉的东西。

　　终于，他们抵达这片珊瑚礁的尽头，俯视着微波起伏的大海。此时还在退潮，海水从裸露的珊瑚礁上倾泻而下，日积月累，在珊瑚礁上冲出了几百条沟槽。这里有更大更深的潮池，连接着大海，池里的鱼也比约翰尼之前看到的大得多。

　　"跟我来。"米克调整了一下潜水眼镜，跃入旁边的潮池，几乎没溅起水花。他都没回头看一眼约翰尼是否跟上了。

　　约翰尼不想显得自己很胆小，犹豫片刻后，他从易碎的珊瑚边缘小心翼翼地下到水中。水刚没过潜水眼镜，他就忘记了所有恐惧。此刻，他漂在水面朝下看，水下世界比他从岸上看到的还要美。约翰尼就像一条鱼畅游在巨大的水族箱里，透过潜水眼镜，水下的一切尽收眼底。

　　约翰尼跟着米克，非常缓慢地在蜿蜒的珊瑚峭壁之间浮潜，越接近大海，峭壁之间离得就越远。起初，水深不到1米，随后池底陡然下降，约翰尼还没反应过来，就游到了6米深的海中。他已经游出了广阔的珊瑚高地，正游向开阔的海域。

　　约翰尼突然有些害怕。他停下来，算了算自己在水中待了多久，又回头确认自己离安全区域有多远。然后他再次朝前方和下方看去。

他无从知晓下方有多深。至少有30米深吧，他想。下方是一个长长的陡坡，陡坡的尽头是与他刚离开的明亮多彩的潮池截然不同的世界。潮池在阳光下生机盎然，眼前的深蓝海底却幽暗神秘。在那幽暗的深处，一些巨大的身影来回游弋，仿佛在优雅从容地跳舞。

"那是什么？"约翰尼低声问米克。

"石斑鱼，"米克说，"看我的。"说完，米克像鱼一样，以优美的动作，快速地朝那幽暗的深处径直游去，约翰尼惊慌不已。

米克逐渐接近那些游动的鱼，他的身影变得越来越小，那些鱼显得越来越大。他下潜了约15米，在那些大鱼的正上方停了下来。他伸出手想摸其中一条，但那条大鱼尾巴一甩躲开了。

米克似乎不急于回到海面，但约翰尼在这期间至少换了十几口气。终于，米克开始慢慢上浮，边游还边跟石斑鱼挥手道别。约翰尼替他的朋友松了一口气。

"那些鱼有多大？"米克浮出水面呼吸时，约翰尼问道。

"哦，也就八九十斤重吧。北边海里的鱼才叫真的大。我爷爷在凯恩斯①附近的海域钓到过七百多斤的大鱼呢。"

---

①凯恩斯：凯恩斯市，位于澳大利亚昆士兰州北部。

“你说过你不信他的话。”约翰尼笑着说。

“但这话我信。”米克也咧嘴笑起来，“那次他拍了照。”

游回珊瑚礁边缘时，约翰尼又看了一眼深蓝的海底，那儿有珊瑚巨石，突出的台礁，还有慢慢游弋的大鱼。虽然同在地球，但海洋世界对约翰尼来说就像外星球一样陌生，令他既好奇又害怕。

想要克服恐惧，满足好奇心，只有一个办法。早晚有一天，他要跟米克一起沿着那个陡坡下潜，去探索那幽蓝神秘的海底深处。

第九章
再会

"你说的没错，教授，"基思博士说，"可我绞尽脑汁也想不出你是怎么知道的。水听器的监听范围内没有大群海豚活动的迹象。"

"那我们就开'飞鱼号'去找它们。"

"可去哪里找？它们的活动范围有两万多平方千米之广。"

"用探测卫星找。"卡赞教授说，"明天一早会有卫星飞过海豚岛上空。你去呼叫乌美拉控制中心，让他们把方圆80千米的区域拍下来，天一亮就拍。"

"为什么要等天亮后？"基思问，"噢，我明白了——天亮后拍摄可以捕捉到长阴影，更容易发现海豚。"

"没错。搜寻这么大的区域可不容易。要是动作太慢，它们就游走了。"

约翰尼刚吃完早餐就被叫去协助搜寻工作，从而获知了这个计划。海豚岛的图像接收器收到了25张不同区域的照片，每张照片覆盖了方圆32千米的区域，清楚地拍下了海量的细节。细节需逐一排查，这么大的工作量连卡赞教授都有点儿招架不住。这些照片是在日出后一个小时左右，由海豚岛上空800千米处的一颗低轨气象卫星拍摄的，画面无云朵遮挡，极为清晰。这颗卫星搭载了强大的望远相机，可以以距地面仅8千米的高空视角进行拍摄。

交给约翰尼的是这组照片里正中央的那张，拍的正是海豚岛，是最无关紧要，却也是最有趣的一张照片。约翰尼手拿放大镜仔细观察，岛上的建筑、道路和船只纷纷跃入眼帘，甚至连岛上的人也被拍了下来，成了照片中的一个个小黑点，真是太好玩了。

看到这张照片，约翰尼才意识到海豚岛周围的珊瑚礁的规模有多大。岛以东好几千米全是珊瑚礁，显得海豚岛就像一个小标点。拍照时正值涨潮，透过浅浅的海水，珊瑚礁中的细节清晰可见。约翰尼着迷地观察着那些潮池、水下峡谷和退潮时海水在珊瑚礁上冲出的无数沟槽，差点儿忘了他原本该做的工作。

负责搜寻的人员运气不错，他们在岛的东南方向96千米处发现了那群海豚。它们位于这组照片拍下的这片区域的边缘。不会有错！照片中，几十个灰暗的身影在海面穿梭，有几只海豚全身跃出了海面，正好被相机拍下。从海面上留下的V形尾迹能看出，它们正朝西游。

卡赞教授满意地看着照片说："它们正在朝我们这边游来。只要它们的路线不变，一个小时内，我们就能和它们相遇。'飞鱼号'准备好了吗？"

"还在加油，30分钟后就能起航。"

教授看了看手表，像将要得到奖励的小孩儿一样兴奋。

"很好，"他轻快地说，"全体人员20分钟内在码头集合。"

5分钟后，约翰尼就到码头了。这是他第一次坐船，他可要好好看个够（"圣安娜号"当然不算，因为他在"圣安娜号"上没看到什么）。他刚被人从离甲板10米高的瞭望台上赶下来，就看到卡赞教授上船了。教授抽着一根大雪茄，穿着醒目的夏威夷衫，随身背着相机和双筒望远镜，提着公文包。"开船吧！"他下令。

"飞鱼号"出发了。约翰尼和米克从栏杆上探出身子，看着小岛离他们越来越远。

"飞鱼号"一路驶出贯穿珊瑚礁的航道，到达珊瑚礁边缘，随后停了下来。

"我们在等什么？"约翰尼问米克。

"我也不确定，"米克答道，"我猜——啊，它们来了！卡赞教授应该是通过水下扬声器召唤了它们，不过就算没有召唤它们，它们也会露面。"

两只海豚正游向"飞鱼号",不时高高地跃到空中,好似在引起人们的注意。它们径直游到船边,出乎约翰尼的意料,下一秒它们就被带上了船。船上的起重机把帆布兜放到海中,两只海豚依次游了进去,然后起重机把帆布兜吊起来,放到船尾甲板上的小水箱中。这个小水箱勉强装得下这两只海豚,它们看上去没有丝毫不安,显然,这个步骤它们经历过很多次了。

"是埃纳和佩吉,"米克说,"它们是教授养过的最聪明的海豚。教授几年前就把它们放归大海了,但它们一直没有远离海豚岛。"

"你是怎么辨别它们的?"约翰尼问,"我看它们长得一样啊。"

米克挠了挠自己乱蓬蓬的头发。

"其实我也不确定。埃纳很好认——看,它的左鳍有道疤。埃纳的女朋友一般是佩吉,由此我想另一只海豚就是佩吉。"他不自信地补充道。

"飞鱼号"又出发了,以10海里的时速驶离海豚岛。当"飞鱼号"行驶到水下没有障碍物的区域后,船长(米克的众多叔伯之一)才下令全速前进。

在距离珊瑚礁3千米的位置,船长下令放下滑水板,启动了推进器。"飞鱼号"动力猛增,船身前倾。随着速度逐渐加快,船身从水中慢慢升起。冲刺了几百米后,整个船身浮出海面，此时，它的阻力只有在海中时的零头。"飞鱼号"仅需水中时速10海里的动力，就能以时速50海里滑行在浪涛之上。

"飞鱼号"在海上飞掠，约翰尼站在前甲板上，紧握着绳索，狂风迎面吹来，真是畅快。可没过一会儿，约翰尼就被风吹得有点儿喘不过气了。他躲到舰桥后面避风，注视着海豚岛慢慢沉入地平线。不一会儿，海豚岛就小得像海面漂着的一团绿顶的白沙，之后只剩下天际线上窄窄的一条，最后消失在天边。

随后一小时，"飞鱼号"陆续经过了好几个类似海豚岛的小岛，米克说那些岛都无人居住。从远处看，那些岛美丽宜人。约翰尼不明白，世上这么多人，怎么会没人住在那里。他还不知道，要想在大堡礁的岛屿上建立居所，必须先解决发电、饮水、补给之类的难题。

"飞鱼号"在抵达一片看不到任何岛屿的海域后突然减速，重重落回了水里，完全停了下来。

"请大家安静，"船长喊道，"教授要听声音！"

教授没听多久。大约5分钟后，他踌躇满志地走出船舱。

"路线无误，"他宣布，"海豚离我们不到8千米，正在大声鸣叫。"

"飞鱼号"再次启程，航向朝西调了几度。不到10分钟，船的四周就围满了海豚。

几百只海豚在海中轻松自如地穿行。"飞鱼号"停下后，海豚就围了过来，仿佛一直在等这艘船到来。也许它们真的在等。

起重机开始运行，只把埃纳放下了船，因为卡赞教授说："海里有很多精力充沛的雄海豚，在埃纳去侦察期间，要避免麻烦。"佩吉对此愤愤不平，但也无可奈何，只能朝靠近的人拍水以示不满。

约翰尼心想："这一定是有史以来最奇怪的会议了。"他和米克站在前甲板上，探出身子，看着那些聚集在埃纳周围、皮肤光亮的深灰色海豚。"它们在说什么？埃纳能完全听懂在深海生活的海豚的语言吗？卡赞教授能听懂埃纳说的话吗？"

约翰尼对这些友善优雅的海豚深怀感激之情，无论会议的结果如何，他都希望卡赞教授能帮到它们，就像它们帮助了他一样。

半小时后，埃纳游回帆布兜中，被吊上了船。佩吉总算放下心来，卡赞教授也是。

"希望它们只是在闲聊，"教授说，"海豚不间断地说了30分钟，就算有电脑辅助，我也得花一个星期才能分析完。"

引擎的轰鸣声从甲板下方传来，"飞鱼号"的船身再次从水中慢慢升起。海豚追着"飞鱼号"游了几百米，很快就追不上了，它们游得再快也无法与水翼船匹敌。约翰尼最后看了一眼，它们离船尾已经好几千米远了。天边，那些深灰色的身躯不断跃出海面。

第十章
海豚的请求

　　约翰尼在码头边停泊的渔船之间开始了潜泳[1]练习。练习时要戴脚蹼和潜水眼镜。海水清澈见底，水深只有1.2到1.5米，初学者在这儿就算犯再多错误也绝对安全。

　　米克在教约翰尼浮潜，但他教得不太好。米克从小就会游泳和潜水，早就忘了初学的困难。对他来说，无法轻松潜到水底，在水下自如地待两三分钟，简直不可思议。因此，看着约翰尼只能下潜几厘米，像个软木塞一样在水面浮浮沉沉，腿还在空中乱蹬，米克很快就不耐烦起来。

　　不过没多久，约翰尼就找到了窍门。首先，他学会了下潜之前少吸气，不然身体就会像气球一样浮力太大，潜不下去。接着，他发现只要把腿抬高，露出水面，身体的

────────────

①潜泳：特指轻装潜水，即不戴潜泳头盔，不穿潜泳衣，仅戴潜水眼镜、橡皮脚蹼，并携带一副呼吸装置，在一定的深度下游泳。

浮力就会减小，自然就沉了下去。等双脚全部入水，就可以开始蹬水。戴着脚蹼，他想往哪儿游，就往哪儿游。

练了几个小时后，约翰尼的动作不再像刚开始那样笨拙。他发现了在失重的世界中俯冲、滑行的乐趣，感觉自己是轨道空间站的宇航员。他能在水中盘旋、翻滚，也能在任意深度悬停。但他在水下憋气的时间不足米克的一半，这还需要多加练习，一切值得做的事都是如此。

现在，约翰尼有的是时间。卡赞教授温和友善，也颇有威信，他确保了约翰尼能留在岛上。在他的安排下，几通电话、几张表的工夫，约翰尼就正式成为海豚岛研究所的一员。玛莎姨妈得知后也欣然同意，立马就把约翰尼的几件重要物品寄了过来。身处世界的另一端，约翰尼能更客观地看待过往的生活，他反思自己是否也有过错。他真的有努力融入收养他的家庭吗？他知道姨父过世后，姨妈过得很不容易。等他长大了，也许会明白姨妈的难处，也许还能跟姨妈友好相处。但不管怎样，他一刻也没后悔过当初离家的决定。

生活仿佛开启了新篇章——一个与过去毫无联系的新篇章。约翰尼意识到，从前他只是活着，而非真正地生活。幼时他失去了挚爱的双亲，从此不敢与他人亲近，甚至变得敏感多疑，以自我为中心……但现在，岛上温暖的集体生活打破了他的心理防线，他正在改变。

渔民们善良友好，十分悠闲。岛上四季如春，渔民出海就能捞到食物，自然无须辛苦劳作。几乎每晚都有舞会，还有看电影、沙滩烧烤之类的活动。要是下雨了（岛上不时会下大雨，每小时降水量可达100毫米），大家就看电视。多亏有中继卫星，海豚岛与地球上其他城市的距离只有一步之遥。世界上其他地方播放的所有节目，岛民都能收看。在海豚岛，人们既能享受文明带来的诸多便利，又不会被文明的弊端影响。

不过约翰尼的生活并非只有玩乐。他跟所有未满20岁的岛民（还有许多年满20岁的岛民）一样，每天必须在学校学习几个小时。

卡赞教授热爱教育。岛上共有12位"教师"——其中2位是人类，另外10个是教学机。这是教学配置的常规比例。20世纪中叶教学机的问世，终于让教育也有了科学的基础。

所有教学机都与奥斯卡相连。奥斯卡是一台大型计算机，负责卡赞教授的翻译工作，同时处理岛上大部分行政管理和簿记工作，还会下国际象棋。约翰尼刚到海豚岛不久，奥斯卡就对他进行了全面测验。在评估了他的教育水平后，奥斯卡为他量身定制了教学磁带，并打印了一份课程表。现在，约翰尼每天至少要花三个小时坐在教学机前，阅读显示器上的内容和问题，用键盘打字作答。他可以自行选择上课时间，但不能逃课。如果他逃课，奥斯卡会立即上报卡赞教授，或者更糟的是，告诉基思博士。

此刻，教授和博士面对的是比逃课重要得多的问题。在连续工作了24个小时后，卡赞教授终于翻译出了埃纳带回的消息，这消息显然将他置于进退两难的境地。卡赞教授爱好和平，如果只用一个词来概括他的为人，那就是"善良"。可现在，海豚请求他参战，他非常苦恼。

他怒视着奥斯卡打出的信息，期盼它能消失。他怪不得别人，毕竟是他自己坚持一探究竟的。

"教授，"基思博士忙得连胡子都没时间刮，他疲惫地趴在磁带控制台前，问道，"接下来该怎么办？"

"我也毫无头绪。"卡赞教授回答。遇到自己难以解决的问题，他向来都大方承认，像大多数优秀的科学家那样。"你觉得该怎么办？"

"我觉得可以问问咨询委员会。不如找几位委员一起探讨一下？"

"这主意不错。"教授说，"我看看这个时间能联系谁。"他从抽屉里拿出一份名单，手指沿着一列名字依次下滑。

"美国人不行，这个时间他们在睡觉。同理，多数欧洲人也不行。那就剩下……我看看……德里①的萨哈，特拉

①德里：印度首都，分为旧德里和新德里两部分。

维夫①的赫希，还有阿卜杜拉……"

"够了！"基思博士打断了教授，"超过5个人就讨论不出任何有用的结果了。"

"好吧，先看看能不能联系上这几位。"

一刻钟后，5个身处世界各地的人就像同在一个房间般交谈起来。他们可以选择视频通话，不过卡赞教授只想听听大家的意见，他认为音频通话就足够了。

"先生们，"卡赞教授跟大家打过招呼，便切入正题，"我们遇到一个问题。我会尽快把问题提交给委员会，可能会提交给更高层，但在此之前，我想先征求诸位的个人意见。"

"呵！"巴基斯坦著名的生物化学家哈西姆·阿卜杜拉博士正身处位于卡拉奇②的实验室，"你至少向我征求过十几次'个人意见'了，可你一次都没采纳。"

"这次我也许会采纳。"教授语气严肃地回答，以提醒大家这次讨论非同寻常。

卡赞教授概述了海豚把约翰尼带到海豚岛一事。与会者都知道此事，因为这起奇迹般的营救事件已闻名世界。接着，教授又讲述了"飞鱼号"出海的后续以及埃纳与深

---

①特拉维夫：以色列第二大城市。
②卡拉奇：巴基斯坦第一大城市。

海海豚的会谈。

　　"这次会谈可能会载入史册，"卡赞教授说，"因为它是人类与其他物种的第一次会谈。但绝不会是最后一次。所以我们的决策可能会改变未来，不只影响地球，还包括太空领域。

　　"我知道你们中的有些人认为我高估了海豚的智力。现在请你们自行判断。它们找到我们，请求我们帮忙对抗它们的天敌。海里只有两种生物会攻击海豚。其一是鲨鱼，但对成群的成年海豚来说，鲨鱼并不构成致命威胁，它们可以撞击鲨鱼的鳃部将其杀死。鲨鱼在鱼类中智商偏低，甚至有些愚蠢，海豚对鲨鱼只有轻蔑和敌意。

　　"另一个天敌则完全不同，它们是海豚的近亲——虎鲸。可以这么说，虎鲸是一种会吃同类的巨型海豚。虎鲸体长可达9米。人类曾在一头虎鲸的胃里发现20只海豚。一顿能吃20只海豚，这是多大的胃口！

　　"这就难怪海豚会向我们寻求保护。近几个世纪以来，人类造的船让它们了解到人类拥有它们无法匹敌的力量。也许这几个世纪，海豚对人类友好就是为了与人类建立交流，请求人类在它们与虎鲸的持续斗争中提供帮助，而我们直到现在才明白它们的意图。若真是如此，我为我自己和人类感到惭愧。"

　　"等一下，教授。"印度的生理学家萨哈博士打断了他，"你说的这些很有趣，但你能保证自己的翻译无误吗？我们都知道你热爱海豚，我们也是。可恕我直言，你确定在翻译过程中没有加入自己的主观想法吗？"

萨哈博士已经尽可能说得委婉一些了，但这种话难免会激怒对方。然而卡赞教授只是和善地回答道："我很确定，不信你问基思。"

"此话不假，"基思博士表示肯定，"我翻译海豚语的水平虽不如教授，但我愿意用我的名誉担保。"

"总之，"卡赞教授继续说，"我想表达的观点是，虽然我非常喜爱海豚，但绝不会盲目支持它们。我不是动物学家，但我了解自然界的生态平衡。我们可以帮助海豚，问题是我们应该帮吗？赫希博士，你对此有何见解？"

赫希博士是特拉维夫动物园的园长。此时以色列是深夜，他有些困倦，沉默了好一会儿才回答。

"这个问题很棘手，"他咕哝道，"我认为你没有考虑到所有的复杂因素。在自然界中，所有动物都有天敌，也就是捕食者，没有天敌对动物来说才是灾难。以非洲动物为例，狮子和羚羊同处一片领地，假如杀光所有的狮子，会发生什么？我告诉你：羚羊会不断繁殖，直到吃光领地的所有食物，最后饿死。

"不管羚羊怎么想，狮子的存在对它们有益。除了防止它们耗尽食物，狮子还会吃掉体弱的羚羊，保持羚羊种群的健康。这是自然规律，以人类的道德标准来看很残忍，却有效。"

"这个类比并不适用于海豚，"卡赞教授说，"我们面对的不是野生动物，而是有智力的种族。它们虽然不是人类，但也有智慧。所以正确的类比应该是一个爱好和平的农业部落不断遭到食人族的攻击。你还会认为食人族对农业部落大有好处吗？还是会设法改造食人族？"

赫希博士轻笑着说："言之有理，只是不知你打算如何改造虎鲸。"

"等一下，"阿卜杜拉博士说，"你说的快要超出我的认知范畴了。虎鲸能有多聪明？除非它们和海豚一样聪明，否则人类部落这个类比就不适用，也就不存在道德问题。"

"虎鲸很聪明。"卡赞教授不悦地说，"已有研究表明，它们至少跟海豚一样聪明。"

"你们知道那起虎鲸试图捕食南极探险家的著名事件吗？"赫希博士问。其他人都表示没听过，于是他接着说："上世纪初，有一支南极探险队，我记得是斯科特的探险队①，他们站在浮冰边缘观察海里的几头虎鲸，根本没想到会有危险。突然，他们脚下的冰开始碎裂，原来是虎

---

①由罗伯特·福尔肯·斯科特率领的英国探险队，1912年1月到达南极。

鲸从水下猛撞浮冰，幸好这些人在浮冰被撞碎之前跳到了安全的地方。要知道，那块浮冰有近1米厚呢。"

"也就是说，虎鲸逮着机会也会吃人。"与会者中的一人说，"我赞成对付虎鲸。"

"有人认为是虎鲸错把穿着毛皮大衣的探险队员当成了企鹅，但我可不想去验证。即便此事没有定论，虎鲸多次袭击潜水者是不争的事实。"

听到这不幸的消息，大家一时都默不作声，随后萨哈博士打破了沉默。

"显然，我们需要更多的事实才能做出决定。最好有人能捉几头虎鲸，进一步研究。卡赞教授，你能像跟海豚交流那样，跟虎鲸建立交流吗？"

"也许能，不过大概要花好几年时间。"

"别跑题，"赫希博士不耐烦地说，"眼下我们得决定该做什么，而不是怎么做。恐怕我还要跟教授你据理力争一番，因为一定会有人替虎鲸辩护，反对海豚。"

"我知道你想说什么，"卡赞教授说，"但说无妨。"

"人类的食物有很大一部分来自海洋，每年要消耗约1亿吨鱼。海豚也吃鱼，它们吃得多了，我们就吃得少了。你说海豚和虎鲸一直在斗争，但海豚和渔民也一直在斗争，因为海豚会咬破渔网，偷走渔民捕的鱼。在这场斗争中，虎鲸是人类的盟友。如果没有虎鲸捕食海豚，控制住海豚的数量，人类可能就捕不到鱼了。"

奇怪的是，卡赞教授听了这番话并没有气馁，他的语气听起来还有几分高兴。

"谢谢你，赫希博士，你给了我灵感。我想，你应该知道，海豚有时会帮助人类围捕鱼群，分享渔获——两百年前，昆士兰原住民就遇到过。"

"是的，我知道。你想沿用这一习俗吗？"

"不只如此。先生们，衷心感谢你们。等我做完几个实验，就把报告提交给委员会，届时我们再召开全体会议。"

"大清早就把我们叫醒，至少给我们透露点消息吧。"

"抱歉，现在还不行，我必须先弄清哪些想法可行，哪些不可行。给我几周时间，在此期间，麻烦你们帮我打听一下哪里可以借到一头虎鲸，它每天的食量最好不超过500千克。"

第十一章
第一次夜潜

　　约翰尼永远不会忘记第一次夜游珊瑚礁的经历。那一晚，他和米克从海滩出发，潮水已经退去，月亮还没有升起，万里无云的夜空中群星璀璨。他们带着防水手电筒、鱼叉、潜水眼镜、手套和袋子，袋子是用来装龙虾的。珊瑚礁里的许多动物只在夜间出来活动，米克想捡一些只在夜晚出现的稀有的美丽贝类。后来，他把捡到的这些贝类卖给澳大利亚大陆的收藏家，赚了不少钱，但这样做其实是违法的，因为岛上的动物受昆士兰州《渔业法案》保护。

　　他们嘎吱嘎吱地走过露出水面的珊瑚礁，手电筒在前方投出一片亮光。然而，对在无边无际的黑暗中行走的他们来说，手电筒投出的光微不足道。夜色太黑，他们刚走出100米就已经看不见海豚岛了。幸运的是，岛上的一根天线杆上有一盏红色的信标灯，起着地标的作用。有这盏灯作指引，他们就不会迷失方向。他们无法用星星辨别方向，因为在走到珊瑚礁边缘再返回的这段时间里，星星在空中的位置早就变了。

约翰尼集中精力在漆黑、易碎的珊瑚礁之间寻找前进的路，根本没时间看星星。可就在他抬头察看四周的间隙，他被一幅奇特的景象惊得目瞪口呆。

一大片亮光从西边的地平线向上延伸，在半空中交汇于一点，仿若一座巨大的金字塔。这片光虽然微弱，但非常清晰，很容易被误认为是远处城市的灯光。然而那个方向160千米以内都没有城市，只有空荡荡的海面。

"那到底是什么？"约翰尼不禁问道。

在约翰尼盯着天空的时候，米克已经走到他前面了。过了好一会儿，米克才弄明白约翰尼在问什么。

"哦，"米克说，"只要是晴朗的夜晚，在月亮还没升起的时候，几乎都能看到那片光。我觉得那是外太空的光。在你们国家看不到吗？"

"我没注意过。我们那里可没有这样晴朗的夜晚。"

于是，两个男孩暂时关掉手电筒，凝望着空中的奇观。世界各地无数城市的灯光和烟雾模糊了天上的美景，如今这一奇观已经很少见了。那是黄道光①，是曾经困扰天

---

①黄道光：因行星际尘埃对太阳光的散射而在黄道面上形成的银白色光锥，一般呈三角形，宛若金字塔。

文学家许多年的天文景象。后来他们发现，它其实就是一个环绕太阳的巨大尘埃光环。

不久，米克抓到了第一只龙虾。当时，它在一个浅浅的潮池底部爬行，米克将手电筒对准它，它被手电筒的光晃得晕头转向，根本无力逃脱。米克把它装进袋子里，很快，他又抓到一只。约翰尼觉得这么抓龙虾有点儿缺德，但这不会影响他过会儿快乐地享用龙虾。

珊瑚礁中还有许多小猎手在觅食，约翰尼和米克用手电筒一照，便看到了成千上万只小螃蟹。通常，这些小螃蟹在人靠近时会飞快跑开，但有一些小螃蟹会坚守阵地，向靠近的"大怪物"挥舞蟹钳示威。约翰尼不知道它们究竟是勇敢还是愚蠢。

有着美丽花纹的宝螺和鸡心螺也在珊瑚上猎食。即使是这种行动缓慢的软体动物，对珊瑚礁中更小的生物来说，也是致命的猛兽。约翰尼脚下这片奇妙又美丽的世界就是战场，无声的伏击和刺杀每时每刻都在发生。

他们在约10厘米深的水中前行，即将抵达珊瑚礁的边缘。水中满是磷光，每走一步，溅起的水花就像散落的星光。他们站在水中，只要稍稍一动，就会使水面泛起层层闪烁的涟漪。可当他们用手电筒的光查看时，水里好像什么都没有。发出磷光的生物大概太小，或是身体太透明，以至人的肉眼看不见。

越往前走水越深，从漆黑的前方传来海浪拍打礁石的轰鸣声。约翰尼小心翼翼，缓慢前进。虽然白天他走过这里不下十次，但在手电筒微弱的光线下，这里却变得陌生起来。他知道自己随时都可能跌进某个潮池或水流湍急的峡谷中。

即便做好了心理准备，当脚下的路突然到头时，他还是大吃一惊。他发现自己正站在一个黑暗而神秘的潮池边。手电筒的光束只能照到水下10厘米左右，虽然潭水清澈透明，但光照不到深处。

"这里肯定有龙虾。"米克说。他潜入潮池，几乎没溅起一点儿水花，只留约翰尼独自站在这片离海豚岛800米远的漆黑的珊瑚礁上。

约翰尼完全没必要跟上去。他可以待在这里等米克回来。"这个潮池看起来非常危险，"他不禁想，"会不会有各种怪物潜伏在深处？"

"这想法太蠢了！"约翰尼对自己说。因为他很可能在这个潮池潜过水，也见过水里的动物了。不是约翰尼怕它们，应该是它们怕约翰尼才对。

约翰尼仔细检查了自己的手电筒，把它放进水里，确保它在水下能正常使用。然后他调整了一下潜水眼镜，快速深呼吸了六次，跟上了米克。

在水下，约翰尼发现手电筒的光比预想中亮得多，但它只能照亮一小片珊瑚或泥沙，在那细长的光柱之外，一切是那么黑暗、神秘、恐怖。这是约翰尼第一次在夜间潜水，一开始，他不免有些惊慌失措，时不时回头确认有没有什么东西在跟着他……

不过几分钟后他就找回了勇气。米克的手电筒在几米外的黑暗中摇曳闪烁，提醒他并不是孤身一人。他开始享受夜潜的乐趣，探索洞穴和岩石突起处的下方，受惊的鱼儿在他眼前乱窜。一条有着美丽花纹的海鳗从它栖息的岩洞里探出身子，愤怒地咬了约翰尼一口，在水中扭动着蛇一样的身体。约翰尼不怕海鳗的尖牙，他知道海鳗只有在受到惊扰时才会发起攻击，他并不想在这次潜水中树敌。

除了奇怪的生物，潮池里还充满了奇怪的声音。比如，约翰尼能听到米克的鱼叉碰到岩石发出的响声。他还能听到几米之外海浪拍打珊瑚礁的声音，有时甚至能感觉到海水的波动。

突然，他听到一种从没听过的声音，像小冰雹落地的啪嗒声。那声音虽然微弱，但很清晰，似乎就是从附近发出的。与此同时，他注意到手电筒的光线被一团旋转的迷雾笼罩，无数比沙粒还小的生物被光线吸引，飞蛾扑火般撞向手电筒的透镜。不一会儿，手电筒的光就被它们完全挡住了，没扑到手电筒上的生物则撞在约翰尼裸露的皮肤上，令他感到阵阵刺痛。它们游得很快，约翰尼看不清它们的样子，只觉得其中一些看起来像米粒大小的虾。

约翰尼知道浮游生物是海洋中大部分鱼类的基本食物。这些浮游生物更大，也更好动。他只得关掉手电筒，等待它们散去。无数小生命发出的啪嗒声渐渐消失。约翰尼想，是否会有更大的生物被他的手电筒吸引，比如鲨鱼。他知道在白天遇到鲨鱼该怎么办，但天黑之后就另当别论了……

米克准备上岸，约翰尼跟着他往上爬。通过这次夜潜经历，约翰尼看到了海洋的另一面。黑夜会改变波涛之上的世界，也会改变波涛之下的世界。只在白天探索海洋的人不会真正了解海洋，因为阳光只能照亮海洋的一小部分。海洋的大部分都处于永恒的黑暗中，阳光只能照到几十米深的地方，再往下就被海水完全吸收了。海洋深处没有光照，是一个没有太阳和四季的世界，只有生活在那里的可怕生物发出的冷光。

"你抓到了什么？"两人爬上潮池后，约翰尼问米克。

"六只龙虾，两个黑星宝螺，三个蜘蛛螺，还有一个以前没见过的涡螺。收获不小，可惜有只大龙虾我够不到。我看到了它的触须，但它缩在洞里不出来。"

他们穿越这片珊瑚平原，朝着天线杆上的信标灯往回走。黑暗中，那盏醒目的灯似乎离他们很远。约翰尼发现，在他们夜潜的这段时间里，这儿的水深了许多。这令约翰尼有点儿担心。要是海水猛涨起来，把他们困在离岛这么远的地方的话，可就糟了。

幸好一切顺利。出发前，米克做了周密的计划。他也想借此考验一下新朋友，约翰尼以优异的表现通过了这次测试。

有些人绝对不敢在夜间潜水，因为夜潜时只能看到手电筒照出的一小片区域，而光线外的黑暗很容易让他们联想到各种可怕的事物。每个第一次夜潜的人都会害怕，约翰尼也是如此，但他克服了内心的恐惧。

很快，他就可以离开这些安全、有掩护的潮池，到珊瑚礁外那变幻莫测的开阔海域中，来一次真正的潜水。

第十二章
交流实验

两个星期后，教授将自己的想法付诸行动。人们对此众说纷纭。海豚求助的细节一经公布，对于应该如何应对，每个人都有自己的观点。

研究所的科学家都积极支持海豚。基思博士总结了众人的观点："就算研究结果证明虎鲸的智商比海豚的智商高，我们也站在海豚这边。它们友善得多，何况交朋友又不看智商。"基思博士的这番话让约翰尼很意外，因为他向来不喜欢博士居高临下的态度。他觉得博士像冷血的鱼，没有人情味。不过，既然卡赞教授让他当助手，他肯定具备某些优秀品质。现在，在约翰尼心中，只要是卡赞教授做的事肯定没错。

岛上的渔民则持不同观点。他们也喜欢海豚，但在听说了赫希博士提出的观点后，也认同海豚是人类的竞争对手。海豚确实会咬破渔民的渔网，偷走大部分渔获，气得他们破口大骂——卡赞教授要是听到这些话想必会非常生气。如果虎鲸能防止海豚繁殖过多，渔民自然会站在虎鲸这一边。

约翰尼饶有兴致地听大家讨论，然而他的心中早已有了决断。渔民的话不足以让他改变想法。海豚救了他的命，他当然支持海豚，无论别人说什么，都无法动摇他的立场。

现在，约翰尼已经熟练掌握了潜水技巧，不过他知道自己永远比不上米克。短短几个星期，他已经能熟练使用脚蹼、潜水眼镜和呼吸管，在水下憋气的时间也更长了。户外活动让约翰尼长得更高更壮。第一次潜水时，他非常紧张，如今他在海里就像在陆地上一样自如，游得又快又轻松，一口气游出的距离比刚开始练习时远得多。他随时都能毫不费力地在水下待上整整一分钟。

潜水是值得学习的技能。约翰尼练习潜水本来只是为了好玩，他没想到自己的爱好很快就有了用武之地。

一天下午，卡赞教授来找约翰尼。教授有些疲惫，但看上去很高兴，似乎他夜以继日研究的某个项目进展得很顺利。"约翰尼，"他说，"我要交给你一个任务，我相信你会喜欢的。看看这个。"

教授从桌子对面推过来一台设备，这台设备非常小，像是加法机①，上面有25个按键，排成5排，每排5个。整台设备只有七八厘米见方，底座是弧形的海绵橡胶，配有带子和搭扣，一看就是戴在小臂上的。整台设备就像一块超大腕表，大部分按键上刻有清晰的大字，还有一些按键上没有字。约翰尼扫视了一眼按键，大致猜到这台设备的用途了。

按键上的词分别是：

不，是，上，下，朋友，右，左，快，慢，停止，前进，跟随，过来，危险！救命！

这些词在键盘上的分布是有逻辑的："上"和"下"分别位于键盘的顶部和底部；"左"和"右"分别在键盘的左边和右边。"不"和"是"以及"停止"和"前进"等反义词之间离得尽可能远，以免误按。"危险！"和"救命！"这两个按键上有保护装置，必须把保护装置滑开才能按下。

"这里面有很多精巧的固态电子元件，"卡赞教授解释道，"还有一块电池，可以连续使用50个小时。按下按

①加法机：利用齿轮传动原理，通过手工操作，来实现加、减运算的机械式计算机。

键，人耳只会听到微弱的蜂鸣声，而海豚会听到用海豚语说出的按键上的词。但愿它们能听到。我们想要知道它们听到后会怎么做。

"空白按键是备用的，留给其他想测试的词。这个小装置名为'马克一号交流器'，我想让你戴着它游泳、潜水，直到它就像你身体的一部分。你要记住每个词在按键上的位置，直到闭着眼也能找到想按的按键。记好后再来找我，我们将进行下一项实验。"

当晚，约翰尼兴奋得睡不着，一直在摸那些按键，记住每个按键的位置。第二天吃过早餐后，他马上来到了卡赞教授面前。教授对约翰尼的出现并不感到惊讶，他高兴地说："拿上你的脚蹼和潜水眼镜，去水池找我。"

"我能带米克一起去吗？"约翰尼问。

"当然可以，只要他保持安静，不妨碍我们就行。"

米克对交流器很感兴趣，但一想到卡赞教授把交流器给了约翰尼，心里就不是滋味。

"我不明白他为什么会给你试用。"他说。

"这还用说嘛，"约翰尼得意扬扬地回答，"海豚喜欢我。"

"看来海豚并不像教授说的那么聪明。"米克反驳道。

接下来，他们通常会吵一架，但他们从不打架，因为米克的体重几乎是约翰尼的两倍，两个约翰尼都打不过他，胜负一目了然。

另一边，卡赞教授和基思博士正带着一堆设备前往水池。路上，基思博士也抛出了跟米克同样的疑问。

"斯普特尼克对约翰尼的行为与历史上有记载的案例完全一致。野生海豚跟人类交朋友，往往会选择孩子。"卡赞教授说。

"约翰尼的身形在同龄的孩子中格外瘦小，"基思博士补充道，"我猜，海豚更愿意跟孩子交流是因为孩子的体形和小海豚差不多。它们可能觉得大人身材高大，会对它们构成威胁。"

"没错。"教授说，"在海滨胜地亲近游泳的人的海豚，很可能是失去幼崽的雌海豚。人类的孩子可能被当成了幼崽的替身。"

"看，咱们的'海豚小子'来了，"基思博士说，"瞧他得意的！"

卡赞教授说："米克可是一脸的不高兴，恐怕我伤了他的心。但斯普特尼克真的很怕他。有一次我让他去水池游泳，连苏茜都不高兴了。你找点活儿给他干，比如帮你搬摄影机，分散他的注意力。"

不一会儿，两个男孩就追上了卡赞教授和基思博士。

"在水池边要保持绝对的安静，"卡赞教授开始说明任务，"任何谈话都可能妨碍实验的进行。基思博士和米克把摄影机放在东侧，也就是背向太阳的位置。我去西边。约翰尼，你游到水池中央。我估计苏茜和斯普特尼克会跟着你，但不管发生什么，你都要留在原处待命，等我挥手示意你去别的地方再动，明白了吗？"

"是的，先生。"约翰尼颇为自豪地回答。

卡赞教授拿起一叠白色的大卡片，上面写着跟交流器按键上一样的词。

"我会依次举起这些卡片。"他说，"每举一张，你就按下相应的按键，绝对不能按错。如果我同时举起两张卡片，你就先按上面那张对应的按键，然后马上按下面那张对应的按键。明白了吗？"

约翰尼点了点头。

"最后，我想试点刺激的。我会先示意你按'危险！'，几秒钟后你再按'救命！'。一按下'救命！'，你就要像溺水般拼命扑腾，然后慢慢沉到池底。好，把我刚才说的话重复一遍。"

等约翰尼复述完，一行人已经走到了水池周围的铁丝网前。水池边很吵闹，苏茜和斯普特尼克吱吱叫着，一个劲儿地扑打水面，欢迎他们的到来。

卡赞教授照常给了苏茜零食。斯普特尼克只是远远地看着，不为所动。之后，约翰尼进入水池，慢慢向水池中央游去。

苏茜和斯普特尼克跟着约翰尼，与他保持约6米的距离。约翰尼把头潜入水中，朝苏茜和斯普特尼克看去。这是他第一次欣赏海豚优美的泳姿——它们用尾鳍带动柔软的身体上下摆动，推动自己在水中前进。

他浮在水池中央，一边盯着教授，一边盯着海豚，等待教授举起卡片。教授举起的第一张卡片上的词是"朋友"。

两只海豚变得非常兴奋，毫无疑问，它们听懂了。约翰尼能清楚地听到交流器发出的嗡嗡声。他知道向海豚传达词义的是超声波，自己听到的只是交流器发出的低频声，人耳是听不到超声波的。

教授又举了一次写着"朋友"的卡片，约翰尼再次按下对应的按键。他高兴地发现，两只海豚正向他游来。它们在离他只有1.5米远的地方停下来，用乌黑的智慧的眼睛看着他。约翰尼想，它们一定猜到了这次实验的目的，正在等待下一个信号。

下一个词是"左"，结果完全出乎意料。苏茜立刻向左游，斯普特尼克则向右游。原来，斯普特尼克以为是朝约翰尼的左边游，而更加以自我为中心的苏茜以为"左"是指自己的左边。教授意识到下达指令要明确，不能让两只海豚产生误解。

下一个指令就非常明确——"下"。两只海豚急速摆动尾鳍，潜入池底。它们在池底耐心等待，直到约翰尼给出"上"的信号才游上来。约翰尼好奇，要是他不给信号，它们会在池底待多久。

苏茜和斯普特尼克显然很喜欢这个新奇的游戏。海豚爱玩耍，拥有自娱自乐的天性。而且苏茜和斯普特尼克可能已经意识到这不仅仅是游戏，而是一段对两个种族都有利的合作关系的开始。

接下来，教授同时举起两张卡片——"前进"和"快"，约翰尼依次按下了这两个按键。第二个按键刚按下，没等嗡嗡声响完，苏茜和斯普特尼克就快速游起来。接下来，它们又先后完成了一"右"一"左"（这次是指它们自己的右边和左边）的指令，然后在听到"慢"时减速，最后在听到"停止"时停了下来。

教授欣喜若狂，就连冷漠的基思博士在摄像时也满面笑容。米克在水池边手舞足蹈，就像他的祖先跳部落舞那样。但突然，每个人的神情都严肃了起来——教授举起了写着"危险！"的卡片。

这次苏茜和斯普特尼克会怎么做？约翰尼一边想，一边按下按键。

苏茜和斯普特尼克竟"哈哈大笑"起来。它们知道这是游戏，才不会上当。它们的反应比约翰尼快得多，对水池也了如指掌。如果这里真的有危险，在人类发出警告前，它们早就发现了。

看来卡赞教授犯了一个轻微的"战术错误"。他让约翰尼按"不"和"危险"两个按键来取消之前的指令。

两只海豚突然发疯似的在水池里来回穿梭，不时跃出水面近两米高。它们游得那么快，又离得这么近，约翰尼生怕自己会被它们撞到。几分钟后，苏茜从水中探出头，十分无礼地朝卡赞教授叫起来。众人这才意识到海豚在拿他们寻开心呢！

还有一个指令要测试。它们会当真吗？卡赞教授挥舞写着"救命！"的卡片，约翰尼按下按键后沉了下去，吐出一长串泡泡。

两只海豚犹如两颗灰色的流星，划破水面冲向他。他感到自己被一股坚定而温柔的力量推回水面。海豚把他的头托在水面上，就像帮助受伤的同伴那样。不管那声"救命！"是不是真的，它们都不会置若罔闻。

教授挥手示意约翰尼回来，约翰尼开始向岸边游去，但海豚的热情感染了他。他一时兴起，潜到池底打了个转，然后仰面游了起来。他甚至模仿海豚的动作，把双腿和双脚并拢，试着像海豚那样在水中上下摆动身体。尽管他能游起来，但速度还不及海豚的十分之一。

两只海豚一路跟着约翰尼，不时亲昵地碰碰他。约翰尼知道，对苏茜和斯普特尼克来说，自己已经是朋友了，再也不用按"朋友"键了。

约翰尼从水池里爬出来，卡赞教授像拥抱失散多年的儿子般把他拥在怀中。就连基思博士也忍不住想用骨瘦如柴的胳膊抱紧他。约翰尼觉得有些尴尬，只得巧妙地躲开。一离开禁声区，教授和博士就像兴奋的小学生一样喋喋不休起来。

"真叫人难以置信，"基思博士说，"大多数时候它们的反应比人快！"

"嗯，我注意到了。"教授回答，"虽然还不知道它们是否比人聪明，但肯定比人灵活。"

"教授，下次可以让我用那个装置吗？"米克哀怨地问。

"当然可以。"卡赞教授马上说，"我们已经知道它们会配合约翰尼，接下来就看它们是否也会配合其他人。我想，受过训练的潜水员和海豚团队可以在海洋研究、打捞等领域开辟出新天地——噢，不胜枚举。"他停顿了一下，然后满腔热情地接着说道，"有两个词我们应该马上添加进交流器中。"

"哪两个词？"基思博士问。

"'请'和'谢谢'。"教授回答。

第十三章
传奇往事

海豚岛有一段传奇故事，已流传了一百多年。还没等别人讲起，约翰尼就自己发现了。

海豚岛四分之三的面积被森林覆盖。这天，约翰尼横穿森林，想抄近路，结果又和往常一样迷路了。他一踏进森林，就在茂密的露兜树和腺果藤中迷失了方向。满地都是羊肉鸟挖的洞，他在没膝深的沙土中艰难前行。

离朋友住的地方不过百米远，却"迷路"了，这种感觉真奇妙。约翰尼想象着自己正身处一片广袤的丛林中，与文明世界有千里之遥。原始森林神秘莫测，虽然他孤身一人，却不担心自己会遇到危险，因为走出这片小森林只需5分钟。这座岛并不大，即便走出森林后没抵达原本的目的地，也远不到哪里去。

约翰尼突然觉得这片森林有些奇怪，这儿的树比其他地方的小，长得也更稀疏。他环顾四周，发现这里曾经是一块林间空地。这块空地杂草丛生，想必很久以前就被废弃了。再过几年，这里就会被草木掩盖，不留痕迹了。

约翰尼不禁想，在没有无线电和飞机的年代，谁会在大堡礁的孤岛上生活呢？罪犯？海盗？他的脑海中闪过各种想法，开始在树根周围摸索，看看能有什么发现。

找了一会儿，他有点儿泄气了，怀疑自己在胡思乱想。这时，他看到几块被烟熏黑的石头。它们被树叶和泥土半遮着。他断定这曾是生火的地方，于是更加努力地找了起来。很快，他就找到几块生锈的铁片，一个没了把手的杯子和一把断了柄的勺子。

这些并不是什么激动人心的发现，但足以证明很久以前曾有文明人住在这里。没有人会到离澳大利亚大陆这么远的海豚岛来野餐，不论来者何人，显然都有其目的。

约翰尼选了勺子当战利品，离开了空地。十分钟后他就回到了海滩。他去教室找米克，米克正在上课。学完"数学二级"的第三卷磁带后，米克不屑地关上教学机，约翰尼跑到他面前，给他看那把勺子，并描述了自己发现勺子的地点。

出乎约翰尼的意料，米克听完似乎有点儿不安。

"真希望你没拿这个，"他说，"你最好还是放回去。"

"为什么？"约翰尼纳闷地问。

米克很尴尬，没有马上回答。他的大脚在锃亮的塑料地面上蹭来蹭去。

"我不是真的相信有鬼哟,"他说,"反正我绝对不会夜里一个人去那里。"

约翰尼有点儿不耐烦了,但他只能等米克用他自己的方式讲清来龙去脉。米克先把约翰尼带到通信中心,拨通了布里斯班博物馆的电话,跟昆士兰州历史分馆的副馆长说了几句。

几秒钟后,一个奇怪的物体出现在屏幕上——只见玻璃展柜里放着一个像是用来蓄水的小铁箱,大约1.2米见方,60厘米深。它的旁边有一对粗糙的桨。

"你猜那是什么?"米克问。

"看着像水箱。"约翰尼说。

"没错,"米克说,"但它也能当船划。130年前,有三个人乘坐它离开了这座岛。"

"三个人?坐在这么小的东西里?"

"对,一个是婴儿,另外两个是成年人。其中一个成年人是英国女人,名叫玛丽·沃森,另一个是她的中国厨子,名字好像叫阿什么……"

一段传奇故事就此揭开,带约翰尼来到一个他无法想象的年代——1881年,距今还不到150年,那个年代已经有了电话和蒸汽机,爱因斯坦也已经出生。但在大堡礁的沿岸,仍有食人族划着独木舟穿行。

尽管如此，玛丽·沃森的丈夫，年轻的沃森船长还是在海豚岛安了家。他以采捕和销售海参为生。每个珊瑚礁潮池里都有海参，这种生物长相丑陋，形似香肠，行动缓慢。中国人认为干海参有药用价值，会出高价购买。

　　海豚岛附近的海参很快就被采光了，沃森船长只得离家到远处采捕，他去的地方越来越远。一次，沃森船长要驾船离开几个星期，留下年轻的妻子照看房子和他们刚出生的儿子。

　　船长不在家的时候，几个野蛮人登岛杀害了沃森家的一名男佣，另一名男佣被打成重伤。玛丽·沃森用步枪和左轮手枪击退了野蛮人，但她知道他们还会回来，而她丈夫的船一个月后才返航。

　　情况危急，机智勇敢的玛丽·沃森决定用煮海参的小铁箱带着儿子和男佣逃离这座岛。她希望在大堡礁附近航行的班船①能够发现他们。

　　她在摇摇晃晃的小铁箱里装满食物和水，然后划离了她的家。那名男佣受了重伤，帮不上什么忙。儿子也才4个月大，需要她一直照顾。幸运的是，他们出发时海上风平浪静，要不然，在海上他们连十分钟都坚持不住。

　　第二天，他们搁浅在附近的一片礁石上，因此停留了

---

①班船：按规定班期航行于固定航线的轮船。

两天。在此期间，他们一艘船也没看到。希望破灭，他们只得继续前行。最后，他们抵达了一座小岛，这座小岛离他们的出发地有67千米远。

沃森太太曾看到一艘轮船经过这座小岛，当时她疯狂地挥舞着婴儿的褟褓，但船上没人注意到她。他们带的水已经喝完了，岛上也没有淡水。之后他们又撑了四天，在对雨水和船只的期盼中，慢慢渴死了。

三个月后，一艘帆船途经此地，派人登岛寻找食物。结果，他们发现了那名男佣的尸体，以及藏在灌木丛中的铁箱。玛丽·沃森蜷缩在铁箱里，怀里抱着年幼的儿子。她的身旁放着这8天的航海日志，一直记到她生命的最后一刻。

"我在博物馆里见过这本日志，"米克严肃地说，"共有6页，是从笔记本上撕下来的，大部分字迹仍能辨认。我永远不会忘记最后一篇，只有一句话：'没有水——快渴死了。'"

两个男孩沉默许久，约翰尼看了看手里的断勺。鬼魂当然不存在，但出于对玛丽·沃森的敬重，他决定把勺子放回去。他能理解米克和他的族人对玛丽·沃森的怀念之情。也许，不止一个岛民在月光下见过一名年轻女子推着铁箱走向大海……

紧接着，约翰尼的脑海中闪过一个令他毛骨悚然的想法。他看向米克，难以启齿。米克显然知道约翰尼想问什么，他说："尽管这件事过去了那么久，我仍然感到非常难过。因为我知道，是我的祖先袭击了沃森一家。"

第十四章
约翰尼的发明

　　为了弄清海豚到底有多聪明，能和人类配合到什么程度，约翰尼和米克每天都会跟苏茜和斯普特尼克一起游。苏茜和斯普特尼克不再排斥米克，在米克使用交流器时也会服从他的指令，不过它们对米克仍然不太友好。有时，它们会露出牙齿冲向米克，在快要撞到他时转向，借此吓唬他。它们从来不会这样戏弄约翰尼，只会不时咬他的脚蹼，或轻轻蹭他，以求他的抚摸。

　　苏茜和斯普特尼克明显偏爱约翰尼，米克对此很不满，并深感不解。但海豚就跟人类一样喜怒无常，各有所好，没有道理可讲。其实再过不久，米克也会交到海洋朋友，只是没人想到是以那种方式……

　　虽然有时会争吵，但两个男孩已经成了形影不离的好朋友。约翰尼自己也没想到，米克是他第一个亲密无间的朋友。原因很简单——约翰尼小小年纪就失去了双亲，他一直不敢再对他人付出感情，但现在他彻底告别了过去；而且，米克让他钦佩。米克同多数岛民一样健壮，这副体格是他们一族世世代代与海洋较量所练就的。米克聪明又机灵，知道好多约翰尼闻所未闻的事。他也有缺点——莽撞、爱吹牛，时常因为捉弄别人惹上麻烦。不过这些缺点对约翰尼来说无足轻重。

米克比约翰尼高大，热心的他觉得自己要像大人一样保护约翰尼。不仅是米克，米克的兄弟姐妹和堂兄弟姐妹，以及他的姑姨叔伯、侄子侄女、外甥外甥女几十个亲戚也感受到了从世界的另一端离家出走的约翰尼内心的孤寂。

自从掌握了基本的潜泳技巧，约翰尼就一直缠着米克让他带自己到珊瑚礁外的深海中试试身手。米克却不急于一时。平时他遇到一点儿小事就很急躁，但对待大事非常谨慎。他知道在开阔的海域探索，跟在安全的小潮池里或在码头附近潜水是两码事。大海深不可测，潜水者不但会遇到湍急的洋流和暴风雨，还可能遇到鲨鱼。大海无情，即使对经验丰富的潜水者来说，大海也充满了危险。

出乎约翰尼的预料，他很快就得到了去大海游泳的机会，这归功于苏茜和斯普特尼克。卡赞教授认为是时候将它们放归大海了。教授养海豚从不超过一年，他认为海豚是群居动物，需要接触同类。他放归大海的大部分海豚依然生活在海豚岛附近。教授能够通过水下扬声器召唤它们。他相信苏茜和斯普特尼克被放归大海后也不例外。

然而，苏茜和斯普特尼克拒绝离开。当水池的闸门打开时，它们沿着通往大海的水道只游了一小段距离就赶紧游回水池，似乎十分害怕被关在水池外。

"我知道是怎么回事了，"米克鄙视地说，"它们太依赖我们喂食，已经懒得自己抓鱼了。"

米克说得有道理，但是当卡赞教授让约翰尼沿着水道游出去时，两只海豚竟跟着他一起游向大海了。约翰尼连交流器都没有使用。

从那以后，约翰尼和米克不再来水池了。他们不知道，卡赞教授对这个水池已经有了别的打算。每天上午在学校上完第一堂课，米克和约翰尼就会马上去找苏茜和斯普特尼克，和它们一起游到珊瑚礁边。米克的冲浪板被当作漂浮的托盘，他们会把装备和捕到的鱼放在上面。

米克讲起一次惊险的捕鱼经历，当时他忘了把捕到的鱼放到冲浪板上，那条大梭鱼重达13千克，它漂在水面，引来一条虎鲨。虎鲨绕着米克打转，米克幸亏坐在冲浪板上，这才逃过一劫。

"要想在大堡礁活得久一点，就得尽可能快地把捕到的鱼从海里捞出来。"米克说，"澳大利亚的鲨鱼是全世界最凶残的，每年都有三四个潜水者被吃掉。"

现在知道还不晚。约翰尼不禁想，如果鲨鱼真想咬穿米克的冲浪板，不知这块5厘米厚的泡沫板能撑多久……

有苏茜和斯普特尼克护航，米克和约翰尼就不会被鲨鱼攻击，事实上，他们一条鲨鱼也没见过。两只海豚的守护给了他们满满的安全感，这可是其他在深海潜水的人绝对体会不到的。有时，埃纳和佩吉会跟苏茜和斯普特尼克一起，甚至有一次，50多只海豚一块儿陪着米克和约翰尼潜水。海豚太多会影响视线，反而干扰了米克和约翰尼，但约翰尼没按"前进"键让它们游走，因为他实在不忍心伤害它们的感情。

海豚岛周围那片珊瑚高地上的浅潮池，约翰尼已经潜过无数次了。来到珊瑚礁外潜水，令他有点儿胆战心惊。有时，海水太清澈了，约翰尼觉得自己仿佛飘在半空中，低头看去，在他与十几米外嶙峋的珊瑚之间什么也没有，他不得不一直提醒自己是在水里，不会掉下去。

在海豚岛周围大片珊瑚礁的边缘，有些地方是几乎垂直的珊瑚壁。沿着珊瑚壁缓缓下潜，看着缝隙中五彩斑斓的鱼儿被吓得四散而逃，简直乐趣无穷。结束潜水后，约翰尼会去研究所查阅参考书，他想知道珊瑚礁里的美丽鱼儿都叫什么，但往往只能查到它们的拉丁学名，他不知道怎么念。

零零落落的巨石和尖峰突然从海床上升起，几乎伸到水面。米克叫它们"珊瑚礁头"，其中一些让约翰尼联想到科罗拉多大峡谷①里刀劈斧削般的岩壁。但珊瑚礁头并不是由侵蚀作用形成的，而是由无数珊瑚动物的骨骼堆积起来的。可以说，是它们自己"长成"了如今的模样。死去的珊瑚动物的骨骼堆积在一起，形成了一块块巨大的礁灰岩，每块高3到6米，有好几吨重。珊瑚礁头只有表面薄薄的一层珊瑚虫是活的。在暴风雨或阵雨过后，水下能见度很低，潜水时往往会被这样的怪石吓一跳。

大部分礁灰岩布满洞穴，里面住着各种生物，最好不要乱闯。洞穴里可能住着一条凶恶的海鳗，它的大嘴正不停地开合；也可能住着一群看似友善，实则危险的蝎子鱼，它们挥舞着有毒的硬棘，这些硬棘就像一簇簇火鸡羽毛；大一点的洞穴里通常住着石斑鱼。有些石斑鱼虽然个头比约翰尼大，但不伤人，当约翰尼靠近时，它们会紧张地后退。

约翰尼很快学会了辨识各种鱼类，知道在哪儿能找到它们。他把一些石斑鱼当成了朋友。石斑鱼从不远离自己的洞穴，他发现其中一条石斑鱼的下唇挂着一个鱼钩，鱼钩上还连着一段鱼线。虽然这条鱼跟人类有过不愉快的经

---

①科罗拉多大峡谷：世界七大自然奇观之一，位于美国亚利桑那州西北部，科罗拉多高原西南部。

历，却依然不失友好，甚至允许约翰尼抚摸它。

石斑鱼、海鳗和蝎子鱼常住珊瑚礁，有时，来自更深海域的生物会不期而至。即便你已经在了如指掌的地方潜水过许多次，也还是会遇到意想不到的生物，这也是珊瑚礁的迷人之处。

鲨鱼喜欢在珊瑚礁附近徘徊。约翰尼永远不会忘记第一次见到鲨鱼的情景。那天他和米克比平时提前一个小时出发，海豚们没有跟来。一条鲨鱼突然出现在约翰尼眼前，犹如一枚流线型的灰色鱼雷，缓缓向他游来。它如此美丽优雅，很难让人相信它非常危险。直到鲨鱼距离自己只有6米时，约翰尼才回过神来。他焦急地寻找米克，发现米克就在自己上方，冷静地注视着它，手里拿着已经上膛的鱼枪，这让他松了一口气。

跟大部分鲨鱼一样，这条鲨鱼接近人类只是出于好奇。海豚的眼神友善智慧，鲨鱼则截然不同。这条鲨鱼瞪着眼，冷漠地打量着约翰尼，在离约翰尼不到3米远的地方突然朝右游走了。约翰尼看到一条领航鱼①在鲨鱼的鼻子前面游着，还有一条鲫鱼牢牢地吸在鲨鱼的背上。鲫鱼也叫吸盘鱼，是远洋的"便车旅客"，一生都靠吸附在其他海

———————————
①领航鱼：舟鰤，有与大型鲨鱼共生的习性，会帮助鲨鱼清理身体，小型舟鰤甚至会进入鲨鱼口中取食其齿间肉屑。

洋动物身上或船底四处游荡。

潜水者遇到鲨鱼只能保持警惕，不去招惹，寄希望于鲨鱼也不会来招惹自己。如果你大胆地直面鲨鱼，它们通常会游走。但如果你因为害怕想要逃跑，那就算受伤也不值得同情，因为这种做法太蠢了。要知道，鲨鱼的游速比潜水者快得多，轻轻松松就能达到每小时48千米。

对约翰尼来说，比鲨鱼更可怕的是在珊瑚礁边游荡的梭鱼群。约翰尼第一次遭遇梭鱼群时，它们组成了一道环形的墙，把他围在中间。银色的梭鱼凶巴巴地张着嘴，充满敌意地盯着约翰尼。它们并不大，最长不过1米，但数量惊人。这群梭鱼想近距离观察约翰尼，于是缩小包围圈，游得越来越近。约翰尼满眼都是梭鱼闪闪发光的身体，他惊恐地挥动双臂，对着它们大喊，但都无济于事。梭鱼们依然从容地打量着他。然后不知怎的，它们突然转身游走了，消失在了蓝色的大海中。

值得庆幸的是，当时冲浪板就漂在约翰尼头顶上方。约翰尼浮出水面，抓住冲浪板，迫不及待地跟米克讲了刚才的遭遇。他每隔几秒就把头伸到水下察看，生怕那群梭鱼再回来。

"不用怕，"米克安慰他说，"梭鱼很胆小。只要用鱼枪射中一条，其余的就都吓跑了。"

米克的话让约翰尼安下心来，当他再次遇到梭鱼群时，也就没那么慌张了。不过，每当银色的梭鱼群如同外星舰队一般向他逼近时，他总觉得心惊肉跳，心想，万一自己被其中一条咬了一口，然后整个梭鱼群跟着一拥而上，那可不得了……

探索珊瑚礁的一大困难是它太大了。有的地方远到天边，从没有人去过。而且大部分地方都不适宜潜水。约翰尼常常想去更远的地方，到未知的区域探索，但因为回程要游很远，他为了保存体力不得不放弃。一次，他帮米克推着载了鱼的冲浪板疲惫地往回游时，突然想到了一个办法。

米克认为这个办法棒极了，但不知道是否可行。"给海豚做挽具可不简单。"米克说，"海豚的身体呈流线型，十分光滑，挽具很容易脱落。"

"我想做一种有弹性的颈圈，套在海豚的鳍状肢前面。只要做得够宽，能够收紧，应该就能套得住。我们还是别聊了，赶紧行动起来，免得被人笑话。"

约翰尼想秘密进行，但大家都来打听他们收集海绵橡胶、弹力带、尼龙绳和奇形怪状的塑料零件的目的，他们只得如实相告。挽具完工的那天，一大群人前来围观，他不顾众人的嘲笑和指指点点，给苏茜戴上了颈圈。苏茜没有反抗，它深信约翰尼绝不会伤害它。它觉得这只是个新奇的游戏，它乐意学习游戏规则。

约翰尼把挽具套在海豚的鳍状肢和背鳍上，这样能防止挽具向后滑脱。他十分小心，生怕带子挡住海豚背上的呼吸孔。海豚浮出水面时会通过呼吸孔呼吸，潜入水中时呼吸孔会自动闭合。

约翰尼把两根尼龙绳系在挽具上，使劲拉了几下。确认系紧后，他把尼龙绳的另一端系在米克的冲浪板上，然后爬了上去。

当苏茜拉着冲浪板离开岸边时，围观的群众纷纷喝彩。无须约翰尼下令，苏茜已完全明白他想做什么。

苏茜拉着冲浪板往前游了100米，然后约翰尼按下交流器的"左"键，苏茜立刻给出了回应。接着，他按下"右"键，苏茜便向右游。苏茜还没怎么用力，冲浪板滑行的速度已经超过了约翰尼游泳的速度。

他们继续前进，约翰尼心想："我要让他们看看！"于是，他按下了"快"键。苏茜全速前进，冲浪板微微一跳，开始在浪头上飞驰。约翰尼向后移了移，让冲浪板平稳地擦着水面，这样就不会翻倒。他兴奋不已，为自己的发明感到十分自豪。约翰尼趴在冲浪板上，任浪花溅在他的脸上，他好奇此刻自己前进的速度有多快。苏茜的游速可达每小时48千米。就算套着挽具，拖着冲浪板，它的游速也有每小时24至32千米。这个速度着实令他吃惊。

突然，啪的一声，冲浪板猛地歪向一边，约翰尼被甩飞了出去。他浮出水面，发现自己安然无恙。原来苏茜一下子脱掉了挽具，就像软木塞从瓶口弹出来那样。

　　第一次试验难免会出现这种小小的技术问题。虽然还要游很久才能回到岸边，虽然还有很多人等着看笑话，约翰尼却感到很满意。因为他掌握了驾驭海洋的新方法，让他能更自如地漫游珊瑚礁。他也发明了一种新的运动，未来能给成千上万的人和海豚带来欢乐。

第十五章
海豚的传说

卡赞教授听说了约翰尼的发明，又惊又喜，因为这与他原本的计划不谋而合。他的计划已初具雏形，再过几个星期就可以提交给咨询委员会，他认为这个计划绝对能让委员会刮目相看。

有的科学家，比如一些理论数学家，更看重理论的价值，不希望自己的研究成果被应用于实践，卡赞教授则不然。尽管他愿意一生都致力于研究海豚语，但他知道现在是时候运用自己的研究成果了，是海豚推动了这一切。

对于虎鲸，他仍然不知道人类能做什么，该做什么。但他很清楚，要想让人类帮这么大的忙，海豚一定会证明它们能够给予人类相应的回报。

早在20世纪60年代，首位尝试与海豚交流的科学家约翰·利利①博士就提出了一些海豚与人类合作的可行办法。海豚可以营救海难幸存者，就像救约翰尼那样，还可以给人类提供极丰富的海洋知识。它们肯定认识人类从未见过的生物，甚至可能解开大海蟒之谜。海豚有时会帮助渔民，如果它们更广泛地与渔民合作，就能在解决粮食问题上发挥重要作用。

以上这些想法都值得研究，而卡赞教授有一些新想法。海豚能下潜到300米深，人类可以基于这个深度让海豚寻找沉船。即使沉船的年代久远，表面已经被泥沙或珊瑚覆盖，海豚也能找到。因为它们的嗅觉——更确切地说是味觉——非常发达，能探测到水中金属、油或木头的气味。海豚可以充当水下警犬在海床上嗅探追踪，这可能会给海洋考古学带来革命性的改变。卡赞教授甚至想过训练海豚寻找黄金……

卡赞教授在"飞鱼号"上安装了新水箱，载着埃纳、佩吉、苏茜和斯普特尼克向北航行，准备去验证他的设想。他还带了许多特殊设备。约翰尼没跟来，教授不免有些失望——是奥斯卡不许约翰尼来。

---

① 约翰·利利（1915-2001）：美国医学家、神经科学家、精神病学家，著有《人类与海豚》一书。

"对不起，约翰尼。恐怕你不能去。"教授说道，他闷闷不乐地审视着从教学机弹出的卡片，"你生物得了A，化学得了A-，物理得了B+，英语、数学和历史只得了B-，成绩不算好。你一般花多少时间潜泳？"

"我昨天没出门。"约翰尼闪烁其词。

"昨天雨下了一整天，没出门很正常。我问的是平日里。"

"哦，几小时吧。"

"上午和下午各游几小时，对吧？奥斯卡已经给你制定了新的课程表，你要集中精力学习成绩不理想的科目。要是跟我们一起出海两个星期，恐怕你的成绩会更退步。你的课程不能再耽误了。"

事已至此，就算约翰尼继续争辩也没有用，何况他也不敢。因为他知道教授说得对。海豚岛或许是世界上最不适合学习的地方。

两个星期后，"飞鱼号"终于返航，期间它在澳大利亚大陆停靠了几次。"飞鱼号"向北最远抵达库克敦，1770年，伟大的库克船长①为了修理受损的"奋进号"曾在

---

①詹姆斯·库克（1728-1779）：英国航海家、探险家，是首批登陆澳大利亚东海岸的欧洲人。

此登陆。

收音机里不时会传来教授一行的消息，米克也是这次考察之行的一员，他回来后将考察的情况从头到尾给约翰尼讲了一遍。他不在岛上时，没人能把约翰尼从教学机前引开，这对约翰尼的学习有很大帮助。在这两个星期里，约翰尼的成绩有了显著进步，卡赞教授感到非常欣慰。

米克给约翰尼看的第一个纪念品是一块豌豆大小的云白色石头，它的形状像一颗蛋。

"什么东西？"约翰尼问道，他并不觉得这块石头有什么特别之处。

"你居然不认识，"米克说，"这是珍珠。这颗品相特别好。"

约翰尼不以为意，不过他既不想伤害米克的感情，也不想暴露自己的无知。于是他问："你在哪儿捡到的？"

"不是我，是佩吉在枪鱼生存海域水下146米深的地方找到的。连潜水员都没去过那儿。即使他们穿戴了先进的装备，下潜也特别危险。有一次，亨利叔叔在浅水区潜水时找到了几枚银唇贝，他把银唇贝拿给佩吉、苏茜和埃纳看，随后，它们就捡来了几百千克。教授说这足够支付这次出海的费用了。"

"啊？这颗珍珠吗？"

"不是，是贝壳。这种贝壳是制作纽扣和刀柄的最佳材料，养殖场供应的量远远不够。卡赞教授觉得只要训练几百只海豚，就可以做珍珠贝生意了。"

"你们找到沉船了吗？"约翰尼问。

"找到二十几艘，但多数在海图上已被标明位置。最大的收获是在格拉德斯通①港外跟拖网渔船②合作进行的试验。我们成功把两群金枪鱼赶进了他们的网里。"

"渔民肯定乐坏了。"

"没你想的那么高兴。他们根本不相信海豚能办到，非说是他们自己的电场和声饵的功劳。等我们再多训练一些海豚，就能向他们证明事实并非如此。到时我们想把鱼赶到哪里就能赶到哪里。"

突然，约翰尼想起第一次见面时，卡赞教授对他说的话："海豚拥有在陆地上生活的我们想象不到的自由。它们不属于任何人，我希望永远如此。"难道海豚即将失去这种自由了吗？尽管教授的出发点是好的，但他或许会成为剥夺海豚自由的始作俑者。

只有未来知晓答案。也许海豚本就没有人们想象的那样自由。约翰尼无法忘记那头吞下20只海豚的虎鲸。

有得必有失。也许海豚愿意与人类交易，用一部分自

---

①格拉德斯通：澳大利亚昆士兰州东南部港口城市。
②拖网渔船：用拖网捕鱼的船舶。拖网是利用甲板上的绞车来收网的。

由换取安全。许多国家也是如此，这种交易往往是不公平的。

　　当然，卡赞教授也想到了这点，而且他想得更深远。目前他并不担心，因为一切还在实验阶段，未有定论。他所设想的人与海豚之间的协定在他有生之年或许不会达成。不过海豚真能学会签订协定吗？这也不是不可能。海豚的喙那么灵巧，能熟练又敏捷地采集几百斤银唇贝。教会海豚写字，或者至少教会它们画画，是卡赞教授的另一个长期研究项目。

　　还有一个项目需要投入更长时间，也许要几个世纪，那就是编写《海洋史》。现在卡赞教授可以确信海豚的记忆力超群。在文字被发明之前，人类有一段时期是靠大脑记住过去的。吟游诗人背诵几百万字的歌谣，通过歌唱将关于众神、英雄和史前大战的传说代代相传，这些传说混合着真实与想象。真实只待后人发掘，就像19世纪施里曼①从废墟中挖掘出了特洛伊城，证明了荷马吟诵的故事是真的。

　　卡赞教授坚信海豚中也一定有吟游诗人，只是他还没有找到。埃纳能大致讲述它小时候听过的一些海豚传说。

――――――――――

①海因里希·施里曼（1822-1890）：德国考古学家，著有《特洛伊的古物》等。

经卡赞教授翻译，这些传说的信息量很大，其他地方无从获得。教授还发现其中一些传说明确提到了冰期[①]，而最近一次冰期距今也有一万七千年了。由此可见，海豚的传说比人类所有的神话或民间故事都要早。

其中有一个传说非同寻常，卡赞教授甚至不敢相信自己的翻译。他把录音带交给了基思博士，让他独自分析翻译。

基思博士远不如教授擅长翻译海豚语，他用了近一个月的时间才大致翻译完这个传说。若非卡赞教授催逼，他都不愿交出自己翻译的版本。

"这是一个非常古老的传说，"基思博士开始讲述，"它似乎给海豚们留下了非常深刻的印象，埃纳反复讲了好几次，并强调这起事件空前绝后。一天夜里，一群海豚游经一座大岛，突然，黑夜亮如白昼，然后'太阳从天上掉下来了'——这句话我很确定。'太阳'掉进海里，随后熄灭了，天又黑了下来。海面上漂浮着一个巨大的物体，有128只海豚那么长。我翻译的没错吧？"

卡赞教授点了点头，补充道："除了那个数字——我翻译的是256，但这并不重要。那个物体非常大，这点毫无疑问。"

---

①冰期：地表覆盖有大规模冰川的地质时期，又称冰川时期。

卡赞教授发现海豚是用二进制计数的。这也可想而知，毕竟它们只有两根"手指"——也就是两条鳍状肢。海豚语中表示1、10、100、1000、10000的词分别对应人类十进制计数法中的1、2、4、8、16。因此，对海豚来说，128和256都是非常大的整数，只是虚指，不是实际的数量。

　　"这群海豚吓坏了，躲得远远的。"基思博士接着说，"那个东西漂在海里，发出奇怪的声响。埃纳模仿了一些它发出的声音，听着像电动机或压缩机运转的声音。"

　　卡赞教授点头表示同意，没有打断他。

　　"接着发生了大爆炸，海水变得滚烫。那个物体周围1024乃至2048只海豚长度范围内的生物几乎全被炸死了。然后那个物体迅速沉了下去，下沉的过程中又陆续爆炸了几次。侥幸逃生且毫发无伤的海豚不久后都死于一种未知的疾病。多年来，所有海豚都离那片区域远远的。那片区域没有再发生任何怪事，于是一些好奇心旺盛的海豚前去调查，它们在海床上发现了一个'有许多洞穴的地方'，还进去捕鱼。后来，这些去调查的海豚也都死于同样的怪病，从此以后，再也没有海豚敢靠近那里。我认为这个传说是对后世的海豚的一种警告。"

　　"确实是一种警告，而且流传了几千年。"教授表示赞同，"不过具体想警告什么呢？"

基思博士坐在椅子上不安地动了动。"我想不明白，"他说，"如果这个传说基于真实事件——我觉得海豚编不出这样的故事——也就是说几千年前，有一艘宇宙飞船降落在地球某个地方，后来飞船的核引擎爆炸了，放射性物质污染了海洋。这简直是异想天开，但我想不出更合理的解释。"

"怎么是异想天开呢？"卡赞教授反问道，"如今人们确信宇宙中有很多智慧生命，那么自然会有能制造宇宙飞船的种族。令人费解的其实是为何他们以前没来地球。

"有的科学家认为外星访客在几千年前真的来过，但是找不到证据。现在证据可能就在我们手中。"

"教授，你打算怎么办？"

"眼下我们什么也做不了。我问过埃纳，它不知道这起事件的发生地在哪。我们必须找到海豚中的'吟游诗人'，录下整个故事。但愿'吟游诗人'能提供更多细节，只要知晓大概的区域，我们就可以用盖革计数器①精确定位飞船的残骸，哪怕已经过了一万年也能找到。我只担心一件事。"

"什么事？"

·

---

①盖革计数器：一种专门探测电离辐射（α粒子、β粒子、γ射线和x射线）强度的计数仪器。

"虎鲸可能会吃掉掌握这些信息的海豚。若是这样，我们就永远无法得知真相了。"

第十六章
真虎鲸与假海豚

　　一架大型货运直升机从塔斯马尼亚①鲸鱼研究所飞抵海豚岛。所有没出海的人都来到水池边围观。大家怀着复杂的心情迎接访客的到来。

　　直升机在水池上空盘旋，旋翼卷起的气流在水面吹出一道道奇形怪状的波纹。只见直升机底部的机舱打开，一个巨大的帆布兜慢慢降下来，当它降到水面时，水面突然掀起大片水花和泡沫。帆布兜随即空了。

　　这是海豚岛迄今为止最大、最凶猛的访客，它绕着水池快速游动，正在熟悉新环境。

　　约翰尼第一次看到虎鲸，这头虎鲸比海豚大得多，但远没有他想象中那么大。货运直升机离开后，大家终于不

―――――――――

①塔斯马尼亚：澳大利亚最小的州，位于澳大利亚南面，是一个心形小岛，被称为"世界的心脏"。

用再扯着嗓子说话了，约翰尼告诉米克自己很失望。

"这是一头雌虎鲸，"米克说，"雄虎鲸更大些。个头小意味着养起来更经济。雌虎鲸每天只需喂50千克鱼。"

虽然约翰尼不喜欢虎鲸，但他不得不承认这头虎鲸非常美丽。它的腹部是白色的，背部是黑色的，两只眼睛后面各有一大块白斑，十分引人注目。它也很快因此得名"雪伊"。

在熟悉了新环境后，它开始观察水池四周。它巨大的脑袋探出水面，用敏锐又智慧的眼睛看着人群，缓缓张开嘴。

看到虎鲸钉子般可怕的牙齿，围观的人群发出阵阵惊叹声。雪伊仿佛知道这么做会起到怎样的效果。它又打了个哈欠，把嘴张得更大，好让人群能看清自己嘴里全部的利齿。海豚的牙齿像针，用于咬住鱼以便整条吞下，但虎鲸的牙齿能一口咬穿海豹或海豚，甚至人类，厉害程度跟鲨鱼不相上下。

虎鲸已被送达海豚岛，大家都想看看卡赞教授接下来会做什么。头三天，教授没有打扰这头虎鲸。它在适应新环境的同时，平复了旅途带来的兴奋劲。它已经被人类养了好几个月了，所以很快习惯了这里的生活，不论活鱼还是死鱼，它都吃。

教授把喂养虎鲸的任务交给了米克一家人，通常是由米克的父亲乔·瑙鲁或是叔叔、"飞鱼号"船长斯蒂芬·瑙鲁来喂。他们接受这份工作本来是为了多挣点钱，但他们很快就喜欢上了这份工作。这头虎鲸很聪明，然而令他们惊讶的是，它的性格也很温和，这与大家对虎鲸的印象不一样。米克特别喜欢雪伊，每当他来到水池边，雪伊都格外高兴，要是米克没喂它就走了，它会很失望。

雪伊已经完全适应了新环境，而且精力充沛，于是卡赞教授开始了第一次测试。他通过水听器播放了几句简单的海豚语，并观察雪伊的反应。

起初，雪伊的反应很强烈，在水池里来回寻找声音的来源。显然，它把海豚的声音跟食物联系在了一起，以为有人给它喂食了。

　　没过几分钟，雪伊就意识到自己被耍了，水池里根本没有海豚。之后，虽然它依然专注倾听教授播放的声音，但不再寻找声音的来源。教授希望雪伊用自己的语言回答海豚的一些话，但雪伊就是不肯开口。

　　即便如此，教授在研究虎鲸语方面还是取得了一些进展。他录下虎鲸的声音，借助奥斯卡的内存比对了大量录音资料，搜到不少和海豚语相似的词。例如，有好几种鱼的名字在虎鲸语和海豚语中几乎一样。也许这两种语言同源，就像英语与德语、法语与意大利语。若真如此，教授的翻译工作将大大简化。

　　教授并不灰心，因为他对雪伊另有计划，不管雪伊配不配合，都不影响计划的实施。雪伊来到海豚岛两周后，一支来自印度的医疗技术小组给雪伊做了手术。他们先在水池边安装了电子设备，然后抽走水池里的水，愤怒的雪伊无助地搁浅在浅水中。

　　接下来的步骤由十个人完成。他们把雪伊的头部夹在一个巨大的木架之间，并用几根结实的绳子固定住。雪伊不喜欢这样，米克也不喜欢。为了防止雪伊的皮肤被晒干，他不得不用软管不停地往雪伊身上浇水。

"没人会伤害你，好姑娘，"米克安慰道，"马上就结束了，你就又能四处游动了。"

随后，米克惊恐地看到一名技术人员走近雪伊，手里拿着一个酷似皮下注射针与电钻的结合体的装置。他小心翼翼地把它放在雪伊头顶的一个位置，然后按下按钮。随着一声微弱、尖锐的哀鸣，针头穿过雪伊厚厚的头骨，深深扎进了它的大脑，就像热刀切黄油般毫不费力。

这个手术把米克吓坏了，然而雪伊对这根针似乎毫无感觉。懂生理学的人不会对此感到惊讶，切割或针刺大脑都不会让其主人有任何不适感，但米克并不知道大脑没有痛觉这个冷知识。

技术人员在雪伊的大脑里共埋了十根探针。探针连着电线，电线的另一头连接着一个流线型的扁盒子，它被固定在雪伊的头顶。一个小时后，手术结束，水池里重新注满了水。雪伊气喘吁吁，缓缓地游来游去。虽然手术没有对雪伊的身体产生任何负面影响，不过米克觉得，雪伊看他的眼神中带着一丝被信赖的朋友辜负的痛苦。

第二天，萨哈博士从新德里来到海豚岛。他是卡赞教授的老朋友，也是咨询委员会的成员，同时是世界一流的生理学家，专门研究最复杂的生物器官——大脑。

"上次我在一头大象身上用了这个设备，"萨哈博士看着雪伊在水池里游来游去，说道，"还没装完，我就能精确控制它用象鼻打字了。"

"我们不需要那么精湛的技巧。"卡赞教授回答，
"我只想控制雪伊的行为，教它不要吃海豚。"

"只要我的团队把电极安装在正确的区域，就可以做
到。但我得先给它做个脑电图。"

做脑电图是门精细的工作，需要技术和极大的耐心，
得慢慢来。萨哈博士在脑电仪前坐了好几个小时，观察雪
伊潜泳、晒太阳、慵懒地在水池里游来游去，吃米克喂的
鱼。其间，它的大脑就像轨道上的卫星，通过与之相连的
无线电发射器不断传送信息。探针捕捉到的电位①变化被记
录在纸带上，这样萨哈博士就能看出特定动作对应的脑电
活动规律。

终于，萨哈博士准备好尝试第一步。他不再用脑电仪
接收雪伊大脑的脉冲信号，而是开始向其输送电流。

测试结果简直不可思议，与其说在做实验，不如说在
变魔术。萨哈博士只需转动旋钮、拨动开关，就能指挥这
么大的虎鲸向右、向左、转圈、画圈或数字8、在水池中
央待命。雪伊已经能完成任何他想要的动作。原本约翰尼
能用交流器指挥斯普特尼克和苏茜已经让人觉得非常厉害

---

①电位：指生物电位。是生物体中任意两点之间的电位差，广泛存在
于有机体内。例如皮肤表面各点之间存在的电位差称为皮肤电位。

了，现在相比之下是小巫见大巫。

但约翰尼并不介意，因为苏茜和斯普特尼克是他的朋友，他更希望它们有选择的自由。要是它们不愿服从他（这是常有的事），那也是它们的权利。雪伊则别无选择。输入它大脑的电流把它变成了一个机器人，它丧失了自己的意志，被迫执行萨哈博士下达的命令。

约翰尼越想越不安。莫非自己也能被这样控制？他询问了萨哈博士，原来这样的实验在人身上已经进行过许多次了。这种科学工具一旦被用来作恶，可能跟原子能一样危险。

为了海豚的利益，卡赞教授打算将其用于正途，但约翰尼仍不明白教授到底打算怎么做。在他茫然不解之际，实验进入了下一阶段。一个怪异的物体被运到海豚岛上——一只由电动马达驱动的机械海豚，和真海豚一样大。

这是20年前海军研究实验室的一位科学家为了弄清海豚为何能游得那么快制造的。据这位科学家计算，海豚的肌肉不支持它们每小时游超过16千米，但实际上，它们可以以这两倍的速度快速游行。

因此，这位科学家制造了一个装载各种仪器的海豚模型，研究它上下游动的动作。这个研究项目最终宣告失败，设计者厌恶地将模型丢弃，但它太逼真、太精美了，人们实在不忍心将它毁掉。卡赞教授听说实验室的技术人员时常会把它拿出来公开展示，就把它借来了。这个模型在这个科研小圈子里相当有名。

机械海豚惟妙惟肖，它被放入雪伊的水池后，数十人全神贯注地观察着，结果却令人大失所望。雪伊轻蔑地看了那机械海豚一眼，不愿再理它。

"果然如此。"卡赞教授说道，不过他没有太过失望。和所有的科学家一样，他早就知道科学实验的失败率极高，所以即便当众出洋相也并不觉得难堪。（毕竟，就连伟大的达尔文也曾花好几个小时在菜园里吹小号，只为弄清声音是否会影响植物生长。）"也许它是因为听到了电动马达的声音才知道这是假海豚的。好吧，我们别无选择，只能用真海豚做诱饵了。"

"你要招募志愿者吗？"萨哈博士开玩笑似的问。

没想到卡赞教授仔细考虑了这个提议，然后点了点头。

"就这么办。"他说。

第十七章
疯狂的训练

"海豚岛上的人都觉得教授已经完全失去理智了。"
米克说。

"胡说八道！"约翰尼极力为他心目中的英雄辩护，
"他又干什么了？"

"他一直在用脑电波装置控制雪伊进食。他让我给雪
伊喂鳀鱼，然后萨哈博士控制它，不让它吃。反复试了几
次之后，雪伊真的不吃了。教授说这是'条件作用①'。
现在水池里有四五条大鳀鱼游来游去，雪伊连看都不看一
眼。不过别的鱼它还是会吃。"

"教授这么做怎么就失去理智了？"

"他的目的很明确。如果他能让雪伊不吃鳀鱼，就能
让它不吃海豚。但那又有什么用？全世界有那么多虎鲸，

---

①条件作用：通过训练使人或动物学会将刺激与反应形成联系的过程。

他没法全部训练到位啊！"

"不管教授做什么，都有他的理由。"约翰尼固执地说，"等着瞧吧。"

"我只是希望他们不要再折磨雪伊了。我怕会惹得它脾气暴躁。"

虎鲸本来就暴脾气吧。约翰尼心想。于是，他对米克说："我不觉得两者有什么关系。"

"对了，我有件事想告诉你。"米克不好意思地笑了笑，用脚蹭了蹭地面，然后问道，"你能保证不告诉其他人吗？"

"当然。"约翰尼回答。

"我经常和雪伊一起游泳。它可比你那两只'小蝌蚪'有趣多了。"

约翰尼无比惊讶地盯着米克，都顾不上计较他对苏茜和斯普特尼克的冒犯。等他回过神来，不禁喊道："你还说教授疯了！我看是你疯了！"

约翰尼追问："你不会又在骗我吧？"现在他基本能听出米克说的是玩笑话还是真话，这次米克说的似乎是真的。

米克摇了摇头说："不信你就来水池。我知道这听起来很不可思议，但是和雪伊一起游泳很安全。一切始于一场意外。一天，我在喂雪伊时不小心滑倒，从水池边摔下去了。"

"唷!"约翰尼吹了声口哨,"你当时肯定以为自己死到临头了。"

"嗯。等我浮出水面,冷不丁看到雪伊深渊似的巨口——"他停顿了一下,"你知道吗,人们都说临死前,过去会在眼前闪回,可当时我满脑子都是它的那些牙。我在想它是把我整个吞进肚子里呢,还是咬成两半?"

"然后呢?"约翰尼屏息问道。

"它没把我咬成两半,只是用鼻子轻轻顶了我一下,好像在说,'我们做朋友吧。'从那以后我们就是朋友了。要是哪天我没去陪它游泳,它就会很难过。有时候我没法过去,因为万一被人发现,让教授知道,那就完了。"

约翰尼的表情混杂着惊恐与责备,把米克逗乐了。

"这比驯狮安全多了,而且我觉得和雪伊一起游泳特别有趣。也许有一天我能驾驭大鲸鱼,比如150吨重的蓝鲸。"

"蓝鲸可不会吞了你。"约翰尼自从来到海豚岛后,学到了很多关于鲸鱼的知识,"蓝鲸的喉咙太细,只能吃虾之类的小生物。"

"好吧。那抹香鲸呢?比如小说《白鲸》里的莫比·迪克,它能一口吞下9米长的鱿鱼。"

随着话题的深入,约翰尼渐渐意识到米克这么做纯粹是出于嫉妒。直到现在，海豚们对米克仍旧是容忍的态度，不曾表现出对约翰尼抱有的那种喜悦之情。米克终于交到了鲸类朋友，约翰尼为他高兴。约翰尼觉得要是这个朋友能理智些就更好了。

只可惜约翰尼没机会得见米克和雪伊一起游泳，因为卡赞教授已经在准备下一个实验了。他连日粘接海豚语磁带，组成长句。目前，他还不确定通过磁带是否能准确地表达自己的意思，但愿海豚够聪明，即使翻译有误，也能猜出正确的意思。

卡赞教授经常思考海豚是怎么看待他在水里播放的对话声的。这些对话由大量不同音源中的词剪辑而成，每句话听起来像是十几只，甚至更多海豚轮流用各自的口音说出的几个词组成的。海豚听到这些对话一定很困惑，因为它们无法想象世上有声音剪辑和磁带这样的事物。海豚能够听懂他拼接出的奇怪声音，要归功于它们的智慧和耐心。

"飞鱼号"离开了停泊区，卡赞教授异常紧张。

"你知道我的感受吗？"教授站在前甲板上，对身边的基思博士说，"就好像我邀请一群朋友来参加聚会，却往他们中间放了一只吃人的老虎。"

"没那么严重，"基思博士笑道，"起码你事先跟它们说明了可能存在的危险，况且你能控制住那头虎鲸。"

"但愿如此。"教授说。

船上的广播响起："他们正在打开水池的门。雪伊似乎不急于离开。"

卡赞教授举起双筒望远镜，回头望向小岛。

"我不想让萨哈控制它，除非迫不得已。"他说，"啊，它来了！"

雪伊从连接水池的水道缓缓游了出来，发现自己来到开放水域后，似乎有些不知所措。它转了好几次身，仿佛在寻找方向。如果长期被囚禁，不管动物还是人，再回归外面的世界时，都会有这种典型反应。

"召唤它。"教授说。一句海豚语"过来！"从水中发出，尽管虎鲸语"过来！"不是这么说的，但雪伊听懂了。雪伊朝"飞鱼号"游了过来。"飞鱼号"正驶离海豚岛，去往珊瑚礁外更深的水域。

"我要在足够大的空间里操作，"卡赞教授说，"埃纳、佩吉和它们的伙伴肯定也希望如此，以便它们随时逃跑。"

"前提是它们愿意来。也许它们会做出更理智的选择。"基思博士深表怀疑。

"再过几分钟就知道了。整个上午我们都在播放召集的声音，方圆几千米内的海豚一定都听到了。"

"看！"基思博士突然指着西边说。800米外，一小群海豚正与船的航向平行游着。"你的志愿者来了，看来它们并不急于靠近。"

"好戏开场了。"教授嘟哝着，"我们去舰桥找萨哈吧。"

船舵旁边放着那台无线电设备，它可以向雪伊头上的装置发送信号，并接收雪伊大脑发回的脉冲信号。"飞鱼号"的舰桥不大，这下站满了人。为了能够随时沟通，萨哈博士与船长斯蒂芬·瑙鲁并肩站着。两人都清楚该做什么，卡赞教授也无意干涉，除非有紧急情况。

"雪伊发现海豚了。"基思博士小声说。

被放生时的犹豫不安已经荡然无存，雪伊如同一艘快艇径直冲向海豚，身后留下一道白浪。

海豚立刻四散逃开。教授感到一阵内疚，不知海豚此刻会怎么想他——如果它们还能思考除雪伊之外的事情的话。

在离一只光滑丰满的海豚只有9米远的地方，雪伊猛地高高跃起，砰的一声落回海里，然后一动不动地待在那里，像人一样摇了摇头。

"两伏，中央惩罚区。"萨哈博士说着，把手指从按钮上移开，"不知它会不会再试一次？"

海豚对这场演示震惊不已，在几百米外重新聚到一起。它们也一动不动，把头朝向宿敌，时刻警惕着。

雪伊渐渐清醒过来，又开始游动。这一次，它游得很慢，没有朝向海豚，大家观察了好一会儿才明白它的战术。

它正以那群海豚为中心绕大圈，而且这个圈在慢慢缩小。

"它以为能骗得过我们。"卡赞教授钦佩地说，"我猜它会假装不在意海豚，尽可能地靠近它们，然后猛冲过去。"

教授猜对了。雪伊螺旋式向圈内游，就像老式留声机的唱头逐渐转向轴心，形势愈发紧张。海豚能在原处坚守这么久，可见它们有多信赖人类朋友，这也足以证明它们的领悟力极强，无论什么，几乎一次就能领会。

在离最近的一只勇敢的海豚只有12米远的地方，雪伊出手了。

虎鲸的加速度十分惊人，但萨哈博士早已有所准备，他的手指离按钮不足1厘米，随时就能按下去——雪伊不可能得手。

当雪伊第二次从昏迷中醒来时，它不再理会海豚，直接游走了。雪伊虽不及它的猎物海豚那么聪明，但也知道自己没有胜算。与此同时，萨哈博士快速拨动了面板上的开关。

"你又要干什么？""飞鱼号"船长问道。他对萨哈博士所做的这一切非常反感。他跟侄子米克一样，不愿看到雪伊被人摆布。"它都离开了，你还不满意吗？"

"我不是惩罚它，是奖励它，"萨哈博士解释道，"只要我按着这个按钮，它就会感到十分愉悦，因为我正在用电流刺激它大脑的愉快中枢。"

"今天就到此为止吧，"卡赞教授说，"让它回水池，奖励它一顿大餐。"

"飞鱼号"开始返航，船长问道："明天还来吗，教授？"

"是的，斯蒂芬，每天都来。但我估计用不了一个星期。"

果然，仅仅三天，雪伊就吸取教训了。萨哈博士不再惩罚它，一直用电流让它愉悦。海豚也不再惧怕雪伊，一周后，它们已经能够与雪伊和睦相处了。雪伊会和海豚一起在珊瑚礁周围捕食，有时合作捕鱼，有时各自觅食。几只年轻的海豚甚至开始跟雪伊玩闹，碰撞雪伊的身体，而雪伊对此既不恼怒，也没有失控去咬海豚。

第七天上午，在跟海豚嬉戏之后，雪伊没有被引导回水池。

"能做的我们都做了，"教授说，"我要把它放归大海。"

"那不是在冒险吗？"基思博士反对道。

"当然，但我们迟早要冒这个险。不把它放归自然，我们就永远无法知道它的条件作用能持续多久。"

"要是它真的吃了海豚，该怎么办？"

"其他海豚会及时告诉我们。到那时我们再出海把它捕回来。它身上戴着无线电装置，很容易追踪。"

斯蒂芬·璐鲁站在"飞鱼号"的船舵旁，一直在听他们二人谈话。他回过头来，问了一个大家都深感忧虑的问题。

"就算你把雪伊训得不吃海豚了，那其他虎鲸呢？"

"不能急于一时，斯蒂芬，"教授回答，"我还在收集信息，也许这些信息对人类和海豚都没有帮助，但有一点我相当确信：海豚很爱交谈，现在全世界的海豚一定都听说这个实验了，它们会知道我们在为它们尽最大的努力。这对你们渔民来说，是个不错的谈判筹码。"

"唔——我还真没想到这点。"

"如果这方法对雪伊有效，那么在任一区域内只需训练少数几头虎鲸即可。而且只需训练雌虎鲸，它们会告诉配偶和后代，吃海豚会头疼得厉害。"

斯蒂芬不太相信。如果他明白电流刺激大脑具有不可抗拒的强大力量，也许会信服。

"我还是觉得一头虎鲸不吃海豚无法让虎鲸一族都'改邪归正'。"他说。

"也许你说得对，"教授答道，"我就是想确认这个方法到底值不值得实践。就算值得，也可能要耗费好几代人的时间。但我们一定要保持乐观。你不记得20世纪的历史了吗？"

　　"哪段历史？"斯蒂芬问，"20世纪发生的事可多了。"

　　"第一次世界大战爆发时，许多人不相信所有国家能和平共处。现在我们知道他们错了。如果他们是对的，你我此刻就不会在这里。所以不要对这个项目过于悲观。"

　　突然，斯蒂芬大笑起来。

　　"有什么好笑的？"教授问。

　　斯蒂芬说："诺贝尔和平奖已经设立一百多年了。要是你的计划能实现，已经够资格去领奖了。"

第十八章
大风暴

　　就在卡赞教授满怀梦想进行实验期间，风暴逐渐在太平洋集结。一天夜里，天上没有月亮，米克和约翰尼去珊瑚礁时，最先感受到了风暴的威力。

　　他们像往常一样寻找龙虾和稀有的贝类，这次米克带了新的防水手电筒，比普通的大一些。米克打开开关，手电筒发出了非常微弱的蓝光。同时，它也发射出了人眼看不见的强烈的紫外线。在紫外线的照射下，许多珊瑚和贝类像着火一样，在黑暗中发出蓝色、金色和绿色的荧光。这道看不见的紫外线就像一根魔杖，使原本隐藏的，甚至在自然光线下都看不见的踪迹显现出来。例如，穴居的软体动物在沙子上挖过的地方显露出了细小的沟壑，于是米克顺藤摸瓜，又多了些战利品。

　　紫外线手电筒在水下的效果同样惊人。约翰尼和米克在靠近珊瑚礁边缘的潮池里潜泳时，手电筒发出的微弱的蓝光能照亮很远的距离。他们看到十几米外的珊瑚像太空深处的恒星或星云般散发着荧光。大海中的自然光线虽然美丽，但无法与此相比。

米克和约翰尼被这个新奇的"玩具"迷住了，他们潜泳的时间比原计划久。等他们准备回去时，发现天气变了。

原先一直风平浪静，只能听到海浪轻轻拍打珊瑚礁的微弱声音。但就在这一个小时里，海上刮起了一阵阵强风，大海开始汹涌咆哮。

约翰尼从潮池往上爬的时候，看到在珊瑚礁外不知多远的地方，一道微弱的光正在水面上慢慢移动。他一度怀疑那是一艘船发出的光，随后发现那道光太模糊，没有固定的形状，像一团发光的雾。

"米克，"他焦急地低声问道，"海上是什么东西？"

米克的反应让约翰尼更紧张了。他惊讶地吹了声口哨，然后靠近约翰尼，似乎想保护他。

他们简直不敢相信自己的眼睛，只见那团雾渐渐聚拢，变得越来越亮，越来越尖，高耸入云。几分钟后，它不再是黑暗中的微光，而是一根在海面上移动的火柱。

此时此刻，两个男孩的心中充满了对未知的恐惧。天地万物拥有无穷的奇观，人类永远不会失去对自然的敬畏之心。他们的脑海里充斥着各种天马行空的解释——米克释怀地笑了，尽管他的笑声还有些颤抖。

"不过是个水龙卷。"他说，"我以前见过，但从来没在晚上见过。"

许多未解之谜一旦揭开真相，都有合理的解释。旋转的水柱卷起海洋中无数的发光生物，抛到半空，这情景实在壮观，他们不禁看得入了迷。约翰尼听不到水龙卷乘风破浪的呼啸声，心想，水龙卷一定离他们有几千米远，不久它就会消失在澳大利亚大陆那边。

当他们从惊讶中回过神来时，潮水已经涨到了膝盖。

"再不走就得游回去了。"米克一边朝着海豚岛跋涉前进，一边若有所思地补充道，"水龙卷是坏天气的预兆，大风暴就要来了。"

第二天上午，电视里播放的画面让他们触目惊心。即使对气象学一无所知，他们也意识到这将是一场可怕的风暴。一个直径超1600千米的巨型气旋覆盖了整个西太平洋。通过气象卫星的摄像头从遥远的太空中往下看，气旋似乎是静止的，这是因为风暴波及的范围太大了。如果仔细观察，几分钟后就可以看到螺旋云带正快速掠过地球表面，风速达到了每小时240千米。这是昆士兰州海岸百年来遭遇的最大风暴。

海豚岛上，大家都聚在电视机前时刻关注着天气预报。每隔一小时，预测飓风进程的计算机就会发布最新预报，但白天的情况几乎没什么变化。当今气象学已经是一门精确的科学，天气预报员可以自信地播报天气，但人们还是没办法改变天气。

海豚岛已经遭遇过多次风暴，大家普遍都很兴奋，同时保持警惕，不会惊慌。幸运的是，飓风最猛烈的时候正值退潮，所以不用担心巨浪会淹没海豚岛。这种因为风暴导致全岛被淹的情况在太平洋的其他岛屿时有发生。

约翰尼一整天都在帮忙做安全防范措施。任何可移动的物品都要拿到室内，窗户必须用木板封住，还要把船拉到海滩上尽可能高的位置。"飞鱼号"由四个沉重的锚固定，为了双重保险，船员们还从船上拉了好几根绳子绑在几棵露兜树上。渔民们倒是不太担心自己的渔船，因为港口在岛的避风处，森林可以削弱风暴的威力。

天气又热又闷，没有一丝风。无须看电视画面和持续的天气预报，人们就能知道大自然正在酝酿"杰作"。天空万里无云，但风暴已经提前发出了信号。整整一天，巨浪不停地拍打珊瑚礁外沿，整座岛都在巨浪的重击下颤抖不止。

夜幕降临时，天空依旧晴朗，星星异常明亮。约翰尼站在由混凝土与铝合金搭建的米克家的平房外，想在睡前看一眼天空。这时，他听到了一种从未听过的声音。这声音和巨浪的轰鸣声不同，像一头巨兽在痛苦地呻吟，在这又闷又热的夜晚，让他不寒而栗。

随后他看向东方，一道坚不可摧的漆黑云墙正以肉眼可见的速度直冲云霄。他被眼前的景象和耳边的声音彻底吓坏了。

他快步走进米克家，关上了门。"我正要去找你。"米克说。之后的几个小时，约翰尼再也没有听到一句话。

几秒钟后，整个房子开始颤抖，接着传来一阵剧烈的声响，约翰尼竟然觉得有些耳熟。这声响让他记起了自己冒险的起点——他在地球的另一边爬上"圣安娜号"，飞船在他脚下轰鸣，一切恍如隔世。

飓风的咆哮声已经大到让人无法交谈，暴雨倾泻在屋顶上，更加震耳欲聋。这场雨大得超乎约翰尼的想象，"雨"这个词在它面前显得如此苍白。从屋顶和墙壁传来的声音可以判断，此刻如果有人在室外，那他不是被倾泻的大雨砸死，就是被大水淹死。

然而米克一家人却很平静。尽管听不到电视的声音，年幼的孩子们还是聚在电视机前，观看电视里播放的画面。瑙鲁太太平静地织着毛衣，这是她年轻时学会的手艺，平时约翰尼总会看得入迷，因为他以前从未见过别人织毛衣。但现在他太心慌了，根本无心观察羊毛是如何经过复杂的针线活变成袜子和毛衣的。

他试图通过四周的嘈杂声猜测外面的情形——树被连根拔起，船被吹得七零八落，不少房子很可能被吹散架了。呼啸的风声和海浪拍岸的巨响盖过了其他所有声音，就算门外有枪响也没人听得到。

约翰尼望向米克，希望米克能给他一点儿示意，安慰他这没什么，暴风雨很快就会过去，一切都能恢复正常。但米克耸了耸肩，然后戴上潜水眼镜，滑稽地模仿用水肺^①呼吸的动作，可约翰尼一点儿也笑不出来。

岛上其他地方现在是什么情况呢？他莫名觉得除了这个房子和里面的人，其他都不真实。仿佛岛上只有他们，飓风是故意针对他们而来的。也许诺亚^②和他的家人也是这种感受吧。他们静静等待洪灾淹没一切，最后世上只有他们幸存下来。

约翰尼从没想过自己会害怕暴风雨，毕竟它"只是"刮风下雨而已。但暴风雨如恶魔怒吼般在他藏身的堡垒四周肆虐，超出了他的认知。如果有人告诉他整个岛要被吹到海里了，他真会相信。

突然，在暴风雨的咆哮声之外，又传来了巨大的撞击声，约翰尼无法判断距离是远是近。与此同时，灯光熄灭了。

在暴风雨最猛烈的时刻被黑暗包围，这是约翰尼经历过的最可怕的事。只要能看见朋友，就算无法交谈，他也

---

①水肺：自携式水下呼吸装置。
②诺亚：制造诺亚方舟的人。

觉得很安全。可现在，他仿佛只身一人身处这飓风怒号的黑夜。面对一无所知的自然力量，他感到自己弱小无助。

幸运的是，黑暗只持续了几秒钟。瑙鲁先生早就为最坏的情况做好了准备。他打开备用电灯，灯光映照出屋内一切如常，约翰尼为自己的惊慌失措感到难为情。

纵使飓风肆虐，生活仍在继续。电视没信号了，小孩子们开始玩玩具，读绘本。瑙鲁太太继续平静地织毛衣，她的丈夫则开始翻阅一份厚厚的世界粮食组织关于澳大利亚渔业的报告，上面满是图表、统计数据和分布图。米克想跟约翰尼玩国际跳棋，约翰尼虽没有心思下棋，但他明白娱乐活动有助于缓解焦虑和不安的情绪。

于是，他们下棋消磨时间。有时飓风会减弱一点儿，风声会小一些，他们大喊就能够交谈。但是谁也不想费那个力气，因为没什么可聊，而且飓风很快就又猛烈起来。

午夜时分，瑙鲁太太起身走进厨房，几分钟后，她端来一壶热咖啡、六个锡杯和各种蛋糕。尽管约翰尼觉得这可能是自己最后一次吃点心，但他还是欣然享用，然后回到棋局中继续当米克的手下败将。

直到凌晨四点，离天亮只剩两个小时的时候，暴风雨才真正开始减弱。飓风逐渐平息，变成普通的大风。雨势也小了，不再让人觉得仿佛身处瀑布之下。五点左右仍有断断续续的大风，虽和之前一样猛烈，但已经是飓风的尾声。当太阳升起时，人们已经可以走出家门。

正如约翰尼所料，岛上各处受损严重。他和米克爬过几十棵倒在路上的树，遇到了其他四处游荡的岛民，他们像被轰炸过的城市的居民一般茫然无措。许多人受伤了，有的人头上缠着绷带，有的人用悬带吊着手臂。不过由于事先准备充分，没有出现重大伤亡。

财物损失更为严重。虽然所有电线都断了，但很快就能更换。麻烦的是发电厂被一棵树撞毁了。这棵树被风刮倒后翻滚了100米，然后如同一根巨大的棍子捅进了发电厂。连备用的柴油发电厂也一起被毁了。

更糟的是，夜里有一段时间风向转到了西边，所有人都没想到风竟从避风的一侧吹向了海豚岛。半数渔船都沉了，另一半则被冲上岸，撞成了碎片。"飞鱼号"侧翻在海里，部分船身被淹没，它被打捞上来后要修几个星期才能再出海。

尽管满目疮痍，但没人消沉。约翰尼对此很吃惊，但慢慢就明白了其中的缘由。大堡礁海域难免遭遇飓风，选择在此居住的人们早已有了付出代价的准备。要是承受不了灾害造成的损失，解决办法也很简单：搬去别的地方。

卡赞教授也没有因为受灾感到沮丧。约翰尼和米克在水池旁看到他正在检查被风吹倒的栅栏。

"这次飓风可能让实验进度延缓6个月，"他说，"但我们一定能渡过难关。设备可以更换，人和知识却无可替代。所幸我们没有失去后两者。"

"奥斯卡怎么样了？"米克问。

"它的存储组件都完好无损，不过要等到电力恢复才能开机。"

"也就是说，这段时间不用上课了。"约翰尼心想，飓风还是带来了一点儿好处的。

但它造成的损失比大家想的还要严重得多，只有泰西预料到了。这位高大、干练的护士正发愁地看着湿淋淋的废墟般的药品仓库。

她从天亮起一直在处理岛民的割伤、瘀伤，甚至断肢，更严重的伤她无能为力，因为她现在连一瓶可用的青霉素都没有。

泰西断定风暴过后不少伤员会受寒发热，也许还会患上更严重的疾病。她可不能再浪费时间寻找备用药了。

根据以往的经验，她迅速列了一份药品清单。过不了几天她就要用到这些药。随后她急忙赶到通信中心，然而看到眼前的一幕，她又一次惊呆了。

两名心灰意冷的电子技术员正在用便携式煤油炉进行焊接工作，周围是乱七八糟的电线和破损的器械架，通信中心的屋顶已经被露兜树的枝干刺穿了。

"抱歉，泰西，"他们说，"这个周末前能与大陆取得联系已经是奇迹了。现在我们只能用烟雾信号。"

泰西想了想，说："我不能心存侥幸。我们得派艘船去大陆。"

两名技术人员苦笑起来。

"你还没听说吗？"其中一人说，"'飞鱼号'翻了，其他船都在岛中央的树上呢。"

泰西意识到事态的严重性。从成为实习护士的那天起，她从没像现在这样无助过。她只能寄希望于在通信恢复前大家都不要生病。

但这天下午，她就接诊了一位病人，他的脚得了坏疽。傍晚，卡赞教授脸色苍白、浑身发抖地来找她。

"泰西，量量我的体温。"教授说，"我感觉自己发热了。"

没过午夜，泰西确诊教授得了肺炎。

第十九章
孤注一掷

卡赞教授病得很重，却无法得到相应的治疗，这个消息比飓风造成的损失更令大家担忧。

没人比约翰尼更担心教授。他早已把这座岛当成了自己的家。约翰尼对生父的记忆已模糊不清，对他来说教授就如同父亲。他总是下意识地寻求安全感。在这里，他获得了渴望已久的安全感。可是现在，在这个卫星和行星间早已实现通信的时代，仅仅因为没有人能横跨160千米的海面去传递消息，他可能要失去这种安全感了。

只有160千米！他不明白为什么会这样，明明他第一次到海豚岛的路程都远不止160千米……

想到这里，约翰尼突然明白了自己该做什么。既然海豚把他带到了海豚岛，他也可以让海豚把他一路带到大陆。

他确信，只要让苏茜和斯普特尼克轮流拉冲浪板，用不了12个小时它们就能游完160千米的距离。他成天跟这两只海豚一起在珊瑚礁边缘捕猎、探险，这些经验终于能派上用场了。他觉得有它们在身边，自己在海里绝对安全，甚至不用交流器，它们就能明白他的所有想法。

约翰尼想起有一次他们一起去沉船岛附近的珊瑚礁，离海豚岛大约16千米。苏茜拖着米克的大冲浪板，斯普特尼克拖着约翰尼乘的小冲浪板，他们全程只用了一个多小时，而且苏茜和斯普特尼克都没有全速游。

他该怎么说服别人认可这个计划呢？大家肯定觉得他疯了，逞英雄不要命。除了米克，其他人要是知道他的计划，一定会阻止他。他得趁别人知道这个计划前赶紧出发。

不出约翰尼所料，米克认真考虑了这个计划，但并不完全赞同。

"这个计划可行，"他说，"但你不能一个人去。"

约翰尼摇了摇头说："还记得我们平时比赛谁快吗？你赢过几次？你块头太大，会拖慢速度。"他有生以来第一次庆幸自己个子小。

约翰尼说的是事实，米克无法否认。即使让力气更大的苏茜拉着米克游，也没有斯普特尼克拉着约翰尼游得快。见说不过约翰尼，米克又想了个理由。

"我们跟大陆失去联系已经超过24个小时了。大陆没有我们的消息，不久就会派直升机来查看情况。那你不就白冒险了？"

“确实，”约翰尼承认，“但卡赞教授有生命危险，再等下去可能就迟了。再说，飓风过后，大陆那边也在忙着救灾工作，可能要一个星期后才会抽出人手来解决我们的问题。”

“听我说，”米克说，“我们先做准备。要是你准备好出发时还没人来救援，教授的病情也没有好转，我们再商量。”

“你不会告诉别人吧？”约翰尼急切地问。

“当然不会。对了，苏茜和斯普特尼克在哪？你能找到它们吗？”

“能。今天早上它们还来码头附近找我们呢。我一按‘救命’，它们就会马上赶来。”

米克开始掰手指数需要准备的东西。

“你得带一瓶水——扁塑料瓶装的，还有压缩食品，指南针，你平时潜泳的装备——哦，对了，还有手电筒——天黑之前你到不了。”

“我打算半夜出发，前半程靠月光照明，然后白天上岸。”

“计划还挺周密。”米克不情愿地夸了一句。他仍然希望情况能有转机，那么约翰尼就不必冒这个险了。但如果没有转机，他会尽他所能把约翰尼送到遥远的大陆去。

岛上所有人都要参与紧急修复工作，所以在晚上之前，两个男孩什么也准备不了。天黑以后，他们还要借着煤油灯柔和的光再干些活。直到深夜，约翰尼和米克才完成了准备工作。

幸运的是，没人发现他们把冲浪板带到港口，放在了船只的残骸之间。他们将冲浪板和挽具组装好，现在万事俱备，还差海豚和一个必须出发的理由。

约翰尼把交流器递给米克。

"你呼叫它们试试，"他说，"我去医院一趟，十分钟内就回来。"

米克拿起交流器，走到水深一些的地方。小小的键盘上，荧光字母清晰可见，但他完全不需要看，因为他和约翰尼一样，就算闭着眼睛也能按对。

米克潜入漆黑的海中，躺在珊瑚砂上。他犹豫了一下，心想自己还有时间阻止约翰尼。比如不按交流器，然后告诉约翰尼海豚没来，反正它们确实有可能不来。

不！即使是出于好心，即使是为了不让他冒险，自己也不能欺骗朋友。米克想，但愿约翰尼到医院时，教授已经脱离了生命危险。

米克按下了"救命！"键，不知自己是否会为此后悔一生。黑暗中，他听到微弱的嗡嗡声，等了15秒后，他又按了一次，就这样不断重复。

另一边，约翰尼借着手电筒的光走上沙滩，毫不迟疑地沿着小路前往行政中心。他知道这可能是自己最后一次踏足海豚岛，也知道自己可能看不到明天的日出。这不是他这个年纪的孩子应该担负的责任，但他欣然接受。他不认为自己是个英雄，他只是在做分内的事。他在岛上一直过得很快乐，海豚岛给了他想要的一切。如果他想继续过这种生活，就必须为之奋斗，如有必要，他会不惜赌上自己的性命。

一年前，他被严重晒伤，漂流至此，就是在这座小医院里醒来的。现在这里一片寂静，几乎所有窗户都拉上了窗帘，只有一扇窗透出煤油灯昏黄的光。约翰尼不禁朝那间亮灯的屋子瞥了一眼——是办公室，泰西护士正坐在办公桌前。她似乎在一摞登记表或记事本上写着什么，神色十分疲惫。她好几次用手捂住眼睛，约翰尼震惊地发现她竟然在哭。连高大、干练的泰西都哭了，足以说明情况有多危急。约翰尼的心突然一沉，他想：自己是不是来迟一步？

幸好情况还没严重到那个地步。约翰尼轻轻敲门，走进办公室，泰西振作了一下，又恢复了平日的表情。要是别人这么晚来打扰她，可能会被她赶走，但她对约翰尼总是会心软。

"他病得很重，"泰西低声说，"只要有对症的药，我花几个小时就能治好他。可是……"她无奈地耸了耸宽大的肩膀，接着说，"不只是教授，还有两个病人也需要注射破伤风疫苗。"

"如果等不到救援，他的病情有可能好转吗？"约翰尼低声问。

泰西没有回答。她的沉默已经表明一切，约翰尼不能再等了。疲惫的泰西没有注意到约翰尼与她告别时说的不是"晚安"，而是"再见"。

约翰尼回到海滩，发现苏茜已经被套上挽具，拉着冲浪板了，斯普特尼克在一旁耐心地等待。

"不到5分钟它们就赶到了，我没想到它们这么快来。"米克说，"它们在黑暗中突然出现，把我吓了一跳。"

约翰尼抚摸着两只海豚泛着水光的身体，它们亲昵地蹭着他。他不知道它们是在哪里、又是如何度过这场风暴的，他实在无法想象有任何生物能在这座岛周围汹涌的海浪中幸存下来。约翰尼发现斯普特尼克的背鳍后面有一个以前没有的伤口，好在两只海豚都没有因这场风暴受重伤。

水瓶、指南针、手电筒、装着食物的密封容器、脚蹼、潜水眼镜、呼吸管、交流器——约翰尼一一检查了一遍，然后说："谢谢你为我做的一切，米克。我很快就回来。"

"我还是想跟你一起去。"米克沙哑地回答。

"不用担心，斯普特尼克和苏茜会保护我。"约翰尼嘴上这么说，其实心里也不那么确定。说完，他爬上冲浪板，对两只海豚喊道："我们走！"当苏茜将他拉向大海时，他朝哀伤的米克挥了挥手。

约翰尼回头看见几束提灯的光正朝海滩移动，庆幸自己出发得还算及时。他趁着夜色悄悄溜走，却让米克留下代他受过，他感到有点儿对不起米克。

也许150年前，玛丽·沃森就是从这片海滩出发，带着孩子和垂死的男佣，坐在那个小小的铁箱里，踏上了悲壮的求生之旅。如今，人类已经能驾驶宇宙飞船、使用原子能、登陆其他星球，而他竟然在同一座岛上，做着几乎跟150年前一样的事，真是离奇。

也许也没那么离奇。他之所以能想到这个计划，是因为他听说了玛丽·沃森的事迹。如果这次他能成功，那么在北方67千米远的小岛上孤零零死去的玛丽就不算白白牺牲。

第二十章
虚惊一场

约翰尼任由海豚带路游出珊瑚礁。海豚有神奇的声呐系统，在漆黑的海水中，它们能通过人类听不到的回声准确判断自己的位置，还能探测到周围30米内所有的障碍物和大鱼。早在人类发明雷达的几百万年前，海豚与蝙蝠就已经拥有了完善的声呐系统。虽然它们用的是超声波，但原理和无线电波相同。

海浪不算汹涌。有时海浪会打到他身上，有时冲浪板的板头会扎进浪涛中，但大多数时候他还是能轻松驾驭海浪前行。他打开手电筒，看到海水正飞快地向身后流去。在黑暗中很难判断速度，但他知道当前时速不会超过16千米。

约翰尼看了看手表，离出发已经过去15分钟了。他回头看去，以为仍会看到岛上的灯光，但眼前一片漆黑，已经看不到海豚岛了。他远离陆地几千米，在黑夜的海上疾驰，换作一年前，他可不敢这么做。现在的他已经能够克服内心的恐惧，因为他知道海豚朋友就在身边，会保护他不受伤害。

是时候修正航向了。只要向西前进，他们迟早会到达澳大利亚数千千米海岸线上的某个地方。他看了一眼指南针，惊讶地发现根本不需要调整方向，苏茜正游向正西方。

收到米克发送的"救命！"信号后，苏茜不但很快就明白了自己的任务，而且知道去哪里求救，所以约翰尼无须指挥它前进。这足以证明苏茜有多聪明。或许它对昆士兰州的每一寸海岸线都了如指掌。

但苏茜在全速前进吗？约翰尼不知该让它自己判断，还是该跟它强调一下任务的紧迫性。最终，他决定按下"快"键。

他按下按键，随即感到冲浪板被微微拉了一下。他想这应该是速度明显提升的提示。现在他确信苏茜完全知道自己该做什么，也正以最快的速度前进。如果他还要苏茜继续加速，它会累坏的。

月亮还没有升起，夜色很黑。暴风雨残留的低云几乎遮住了所有星光。大海里的磷光也不见了，也许是因为深海的发光生物吓坏了，还没有从暴风雨的影响中恢复。约翰尼很喜欢那些柔和的磷光，如果有它们作陪，在漆黑的夜晚赶路就不会太害怕。

不过万一有一道巨浪或一块礁石就立在前方呢？毕竟他贴着水面滑行，鼻子离水面只有六七厘米，很难留意到。虽然他对苏茜很有信心，但这种莫名的恐惧还是会不时爬上他的心头，他必须努力克服。

终于，第一道苍白的月光从东方升起。云层仍然很厚，约翰尼看不见月亮，但月光照亮的范围越来越大。虽然月光太暗，但仅仅是看到地平线已经让他安心不少。不久，他就看清前方没有岩石或暗礁。苏茜的水下探测能力比他的视觉敏锐得多，但亲眼确认安全会让他感觉不是那么无助。

现在他们来到了更深的海域，起伏不定的小波浪已经被他们抛在身后。他们乘上翻滚着的长长的波涛，从一个浪头到另一个浪头有好几十米远。约翰尼不知道这些浪有多高，它们比看起来大得多，就像一座座移动的小山丘。苏茜先爬上又长又缓的斜坡，到达浪尖后，冲浪板会摇晃着停留片刻，接着俯冲到波谷，然后再不断重复这个过程。约翰尼在冲浪板上来回移动身体的重心，他早就学会了通过调整姿势应对爬升和俯冲。这对他来说就像骑自行车一样简单，不用特意去思考。

突然，弯弯的新月冲破了云层。约翰尼这才看清周围数千米的滚滚波涛。翻涌的巨浪无边无际，绵延至远方的黑夜中。浪头在月光下闪着银光，与幽暗的波谷形成鲜明对比。冲浪板俯冲到波谷，再缓慢爬上移动的浪头，周围也随之不断从漆黑变明亮，再从明亮变漆黑。

约翰尼看了看手表，离出发已经过去4个小时了。运气好的话，他走了有65千米了。黎明即将来临，天亮有助于他战胜睡意。有两次，他因为打瞌睡从冲浪板上掉了下去，清醒过来时发现自己在海里扑腾。漂在漆黑的海里等着苏茜游回来接他，那滋味可不好受。

东方渐渐亮了起来。约翰尼静候日出，他想起了在"圣安娜号"的残骸上看到的黎明。当时他那么无助，热带的太阳晒得他那么痛！而现在他镇定自若，信心十足，哪怕自己远离陆地80千米，已经没有回头路了。他的皮肤早已晒成深金棕色，再也不怕被太阳晒伤了。

不一会儿，太阳升起，驱散了黑夜。温暖的晨光照在约翰尼的背上，他按下了"停止"键。该让苏茜休息，吃顿早餐了。他滑下冲浪板，向前游去，解开苏茜的挽具。苏茜欢快地跳到空中，然后离开了。约翰尼没看到斯普特尼克，心想它可能去别的地方抓鱼了，只要呼叫它，它应该会马上回来。

约翰尼将潜水眼镜推到额头上。为了防止水花溅到眼睛里，他一整夜都戴着它。他骑在轻轻摇晃的冲浪板上，吃了一根香蕉、两条肉卷，再喝了几口橙汁。他吃饱了，其余的食物可以饿了再吃。即使一切顺利，他也要再赶五六个小时的路。

约翰尼躺在冲浪板上休息，随着冲浪板在海浪中浮浮沉沉。15分钟后，他按下按键，等着海豚们回来。

约翰尼等了5分钟，不见两只海豚的踪影，他有些担心。5分钟它们能游出5千米，约翰尼想，它们不会真的离自己那么远吧？随后他看到一个背鳍划破水面朝他而来，这才松了一口气。

那个背鳍很眼熟，却不是他要等的。他猛地坐起来——那是一头虎鲸的背鳍。

象征死亡的虎鲸以30海里的时速突然迫近，时间在这短短的一刻似乎凝固了。一个隐约的念头闪过约翰尼的脑海，他抱着一丝希望想，这头虎鲸肯定是被交流器发出的信号引来的，它会不会是……

约翰尼猜得没错。虎鲸的大脑袋在离他不到1米的地方浮出水面，他认出了无线电控制装置的流线型盒子，这个盒子仍旧牢牢固定在它巨大的头顶上。

"你吓死我了，雪伊。"他缓过气来说，"不许再这样了。"

约翰尼并不觉得自己安全了。根据最近的报告，雪伊仍然只吃鱼，尚无海豚抱怨过受到它的攻击。但约翰尼既不是海豚，也不是米克。

雪伊在冲浪板边蹭来蹭去，板身剧烈摇晃着，约翰尼只能稳住重心，不让自己跌进水里。其实雪伊只是轻柔地蹭蹭，这是一头4.5米长的虎鲸能控制住的最轻的力度。见它又去蹭冲浪板的另一边，约翰尼放心了许多。看来雪伊确实只想表示友好。

雪伊轻轻游过，约翰尼伸出颤抖的手拍了拍它。它的皮肤触感跟海豚的一样，坚韧又有弹性。人们很容易忘记这种海洋猛兽也是海豚，只不过体形稍大一些。

雪伊似乎很喜欢约翰尼抚摸它的身体，又游回来想让约翰尼再摸摸它。

"你孤身一人，一定很寂寞吧。"约翰尼同情地说。然而下一秒，他被眼前的一幕惊呆了。

雪伊并非孤身一人，也不会寂寞。它的伴侣有10米长，正慢悠悠地朝约翰尼游来。

它的黑色三角形背鳍犹如一张巨大的船帆，慢慢地靠近约翰尼坐着的冲浪板。只有雄虎鲸才有那么大的背鳍，比一个成年人还高。约翰尼吓得一动不动，满脑子想的都是：它可没受过训练，也没跟米克愉快地同游过！

这是约翰尼见过的最大的动物。它跟船一样大，相比之下，雪伊小得就像普通海豚。不过主导局面的是雪伊。当它那庞大的伴侣在冲浪板周围游荡时，雪伊一直在内圈打转，始终挡在伴侣与约翰尼之间。

有一次，雄虎鲸停下来，头抬出水面足有2米高。它的目光越过雪伊的背，直勾勾地盯着约翰尼。在约翰尼夸张的想象中，它的眼神里充满了饥饿、智慧和凶狠，唯独没有一丝友善。它一直绕着冲浪板打转，越游越近，再过一会儿就会把雪伊挤到冲浪板边。

雪伊不同意它的伴侣继续靠近。当伴侣离约翰尼只有3米远，占据了约翰尼的整个视野时，雪伊突然转向它，朝它身体的中间位置推了一下。约翰尼能从水中清楚地听到砰的一声，这股撞击力足以撞穿一艘小船的船舷。

雄虎鲸领会了这个"温柔"的暗示，转头向外游去，约翰尼长出了一口气。小两口刚游了15米又有了小分歧，雪伊又"砰"地推开它。几分钟后，雪伊和它的伴侣向正北方游去，危机就这样解除了。约翰尼目送它们离去，感觉自己刚才目击了一只猛兽变成了惧内的丈夫，它的妻子不准它在正餐之间吃零食。对于被当成零食而非正餐，约翰尼颇为感激。

约翰尼在冲浪板上坐了很久，试图平复自己的情绪。他从没这么害怕过，不过他并不觉得难为情，毕竟他已经见过太多可怕的东西了。终于，他恢复了理智，不再每隔几秒就回头看身后是否有东西尾随。眼下最重要的事是：苏茜和斯普特尼克去哪了？

它们一直没有出现，约翰尼并不感到意外。它们很可能发现了虎鲸的踪迹，明智地与其拉开了距离。就算它们信任雪伊，也不会贸然接近它的伴侣。

它们是被吓跑了，还是说——已经被虎鲸吃了？约翰尼害怕地想，如果它们不回来，他就完蛋了。他离澳大利亚海岸至少还有64千米。

他不敢再呼叫海豚，因为这么做可能会把虎鲸引回来。哪怕确信自己不会有事，他也不想再经历一次了。他坐在原地，环视大海，寻找海豚的背鳍。海豚背鳍的高度一般不会超过30厘米。

15分钟后，斯普特尼克和苏茜从南边游来。它们可能一直在等待危机解除。约翰尼见到它们比见到任何人都高兴。他滑下冲浪板，给它们套上挽具，轻拍并抚摸它们，跟它们说话，好像它们能听懂似的。它们确实能听懂几个英语单词，而且它们对约翰尼的语调非常敏感，听得出他是高兴还是生气。此刻，它们跟约翰尼一样劫后余生，约翰尼的心情它们深有同感。

约翰尼将斯普特尼克的挽具的带子系紧，确认呼吸孔没有被带子挡住，鳍状肢没有被勒住，然后爬上冲浪板。等他趴好，斯普特尼克就开始游动了。

这次，它没有继续向西前进，而是向南游。"嘿！"约翰尼说，"方向错了！"下一秒，他想到了虎鲸，意识到斯普特尼克向南游不无道理。他决定让斯普特尼克做主，看看会怎样。

约翰尼感到目前的速度已经远超以往他乘冲浪板滑行的速度。即便因离水面太近而很难判断，约翰尼也能感到时速已达27千米。斯普特尼克继续游了20分钟，然后如约翰尼预料并希望的那样，它转向了西方。不出意外的话，他们将直达澳大利亚。

约翰尼不时瞥一眼身后，看是否有虎鲸尾随，但身后的海面空空荡荡，并无高高的背鳍出现。其间，约翰尼看到几百米外有一只大蝠鲼跃出水面，宛如一只巨大的黑色蝙蝠，在空中悬停了一秒，然后重重落回海里，巨大的落水声几千米外都能听到。这是他在旅程后半段唯一一次看到的海洋生机勃勃的景象。

临近上午十点，斯普特尼克的速度开始慢下来，但它依然顽强地拉着冲浪板。约翰尼希望等看到海岸后再停下来换苏茜，那时苏茜应该休息好了。如果他对速度的判断没错，那么他离澳大利亚应该不到16千米了，大陆随时都可能出现在视线中。

他还记得第一次看见海豚岛时的情景，跟现在如此相似，又如此不同。海豚岛就像地平线上的一朵云，在热气中颤动。他现在接近的可不是岛屿，而是一块有着数千千米海岸线的广阔大陆。再差劲的领航员也不会错过这么大的目标，何况苏茜和斯普特尼克是最棒的。他丝毫不担

心，只是有点儿迫不及待。

突然，冲浪板被一道巨浪抬起，于是他第一次看到了澳大利亚海岸。在浪尖停留的片刻，他不假思索地抬头望去。远处，一条白线延伸了整个地平线……

他喘不过气来，激动得满脸通红。只要再航行一两个小时，他就安全了，教授也能得救了。这趟穿越海洋的长途旅行即将结束。

半小时后，一个更大的浪头让他看清了前方的海岸。这时他才明白，大海对他的戏弄远没有结束，更严峻的考验还在后面。

第二十一章
乘风破浪

　　风暴两天前就过去了，但大海尚未平息。约翰尼朝岸边接近，他能看清一棵棵树和一幢幢房子，内陆的蓝色山峰隐约可见。他也能看清前方的巨浪，巨浪的咆哮声如雷鸣般响彻天空。白色的浪花从北到南遍布整个海岸。它们涌上海岸，又像人被绊倒那样，在离岸三百多米的地方倒下，再加速冲回大海，最终被拍碎在岸上，水雾弥漫。

　　面对一道道汹涌澎湃的水墙，约翰尼试图寻找突破口，却一无所获。他站在冲浪板上能远眺好几千米，可他发现，能够让他安全登陆的海湾或河口都被海浪挡住了，继续寻找也只是浪费时间。最好的办法就是趁自己还有勇气，直接冲过去。

　　他有冲浪板，但从来没冲过浪。海豚岛近岸全是坚硬平坦的珊瑚，水下没有平缓的斜坡，所以无法形成翻滚着冲上岸的海浪，也就无法冲浪。不过米克经常跟他谈论乘风破浪的技巧，听起来不难——先在浪开始形成的地方的前面等着，当身后有浪过来时，就用手拼命划水。接下来，只要在冲浪板上保持平衡，祈祷自己别掉下去就行，其余的就交给海浪。

似乎很简单，但他能做到吗？他想起一个笑话："你会拉小提琴吗？""不知道，我没试过。"不会拉小提琴却试着拉，顶多拉走调罢了。可要是冲浪失败了，后果比拉走调严重得多。

在离岸边800米远的地方，约翰尼示意苏茜停下，解开苏茜的挽具。然后，他极不情愿地剪掉了系在冲浪板上的带子。他在这套挽具上倾注了很多心血，十分舍不得，但就像卡赞教授说的："设备可以更换。"冲浪时这些带子在旁边乱飞会造成危险，必须把它们扔掉。

约翰尼一边踢水，一边向岸边划去，两只海豚仍然跟在他身边，但已经帮不上他了。它们虽是游泳高手，但在猛烈的漩涡中不一定能自救。不时有海豚因为被卷入漩涡而搁浅，他不希望苏茜和斯普特尼克陷入险境。

他找到一个合适的起乘点，这里的海浪与海岸线几乎平行，并且海面没有形成交叉的方波①。他看到岸上有人，他们正站在几座低矮的沙丘顶上观潮。没准那些人已经看

---

①方波：一种危险的网格状海浪，是海浪相互冲击而形成的现象。

见他了，说不定他们能帮助他上岸。

　　冲浪板摇摆不定，他艰难地站在冲浪板上使劲挥手。没错，远处的那些人看见他了！人群骚动起来，有好几个人指向他这边。

　　这时，约翰尼注意到沙丘顶上至少有十几块冲浪板，有些装在拖车上，有些笔直地插在沙子里。陆地上有那么多冲浪板，海里却一块也没有！这可不是好兆头。米克经常跟约翰尼说，澳大利亚人是全世界最擅长游泳和冲浪的。岸上那些澳大利亚人虽然带着冲浪装备，却不敢贸然在这样的海上冲浪。对于第一次尝试冲浪的约翰尼来说，这场景真叫人气馁。

　　他慢慢划水前进，前方海浪的咆哮声越来越响。从他身边掠过的海浪原本平滑流畅，此刻他所在的起乘点的浪头却泛起点点白浪花。再往前100米，海浪会开始翻滚，轰隆隆地拍向海滩。他正位于浪裂带①和大海之间的安全区。浪潮在开阔的太平洋上畅通无阻地前进了几万米，却在此受到陆地的阻挡，只消几秒就会拍碎在海滩上。

　　约翰尼一直停留在白浪的外缘，随着波涛起伏，熟悉海浪的运动，观察海浪从哪里开始破碎，不屈地感受着海浪的力量。有一两次，他差点儿就要出发，但出于本能和

_____

①浪裂带：海浪在沿岸海水中破碎的地点。

谨慎退缩了。他很清楚，成败在此一举。

海滩上的人们越来越激动。一些人挥手示意他回去，他觉得他们真蠢。他还能去哪儿？后来他才意识到他们是在帮他，警告他哪些浪不能冲。有一次，他刚要开始划水，远处的观众们疯狂地挥手，示意他继续往前游，但他在最后一刻退缩了。他看到自己错过的浪平稳地冲上了海滩，这才明白自己应该接受大家的建议。他们很专业，远比他了解这个海岸。下次，他一定会听从他们的建议。

约翰尼把冲浪板对准陆地，同时回头看向涌来的海浪。有一道浪从海面隆起，开始破碎，整个浪尖都泛着白浪花。约翰尼飞快地瞥了一眼岸边，几个跳动的人影在疯狂地向他招手。就是这个浪头！

他竭尽全力用手划水，不顾一切地让冲浪板达到最大速度。可冲浪板好像反应迟钝，仿佛在水面爬行。他不敢回头看，他知道海浪正在他身后迅速升高，因为他听到海浪的咆哮声越来越近、越来越响。

然后，冲浪板乘上了巨浪，约翰尼再怎么拼命划水也没用了。他被一股不可抗拒的力量裹挟着前进，只能顺应。

乘上海浪时，约翰尼感到意外的平静，冲浪板如同在既定的轨道上平稳移动。他有一种错觉，四周好像安静下来，他已经把喧嚣全抛在了身后。他唯一能听到的是周围翻腾的泡沫发出的嘶嘶声。浪花漫过他的头顶，完全挡住

了他的视线。他就像一位骑士，骑着一匹没安马鞍的脱缰之马，眼睛被吹到脸上的鬃毛挡住了，什么也看不见。

冲浪板设计得很巧妙，使得约翰尼的平衡感特别好。他凭借本能在浪头上保持平衡，自然而然地前后移动几厘米，通过调整姿势让冲浪板保持水平。不久，白花花的泡沫退到他的腰部位置，他的头和肩膀从呼啸的浪花中露了出来，他的视线不再受阻，只有海风吹在脸上。

现在他的时速有五六十千米，苏茜、斯普特尼克，甚至连雪伊都赶不上他。他乘在一道巨浪的浪头上，这浪大得不可思议，低头往下看都有点儿晕高，他不禁感叹视线被挡住也好。

离海滩只剩100米了。海浪开始翻滚，只消几秒就会拍在岸上。约翰尼知道这是最危险的时刻。如果现在海浪打在他身上，他将被拍成肉酱。

他感觉到脚下的冲浪板开始摇摆，板尖向下倾斜。要是掉下去，一切就全完了。他乘着的波涛比海里的任何猛兽都致命，威力不可估量。要是控制不住前倾的趋势，他就会沿着卷曲的浪壁滑至波谷，浪头则会越来越大，最终将砸在他身上。

他小心翼翼地沿着冲浪板挪动身体，将重心后移，使板尖慢慢抬起。但他不敢后移太多，生怕会从浪肩滑落，被下一道浪拍碎。他必须在这座怒吼的泡沫之山的顶峰，精确地保持不稳定的平衡。

脚下的巨浪开始下降，逐渐变得平缓。约翰尼也跟着下降，努力使冲浪板保持水平。巨浪的冲击被海岸减缓，最后化成了一座座移动的泡沫小丘。在泡沫漩涡中，冲浪板仍在自身的冲力下像一支箭似的向前冲。接着，冲浪板猛地一震，又弯弯曲曲地滑行了好长一段距离——约翰尼发现脚下不再是流动的海水，而是静止的沙子。

几乎就在同时，他被两只有力的手拎了起来。海浪的轰鸣声震得他耳鸣，周围人声鼎沸，他只听到零星几句话：“小疯子！”“还活着算你走运！”“他好像不是我们当地的孩子。”

“我没事。”他嘟哝着挣脱。

他转过身，想看看斯普特尼克和苏茜还在不在。在生死攸关的时刻，他把它们忘得一干二净了。

然后约翰尼看到了自己乘过的巨浪。它向岸边涌来，水花四溅，他不禁有些后怕。这样的经历没人想尝试第二次，他能活着已经非常幸运了。

想到这，他两腿发软，赶紧坐下来。他的双手紧抓着坚实的土地——澳大利亚在欢迎他。

第二十二章
展望未来

"你现在可以进去了。"泰西护士说,"记住,只能待5分钟。他的身体还很虚弱。另外,上次来探视的人闹出很大动静,他的心情还没平复呢。"

约翰尼当然知道这件事。两天前,卡赞夫人"像哥萨克骑兵似的"(某人略带夸张的形容)来到海豚岛。她想尽快带教授回莫斯科治疗。即使泰西不准,教授千方百计拒绝,也奈何不了她。幸好每天从澳大利亚大陆坐飞机来的医生下达了严格的指示,病人至少在一周内不得移动。于是卡赞夫人打消主意去了悉尼,想感受一下澳大利亚丰富多彩的风土人情。她还保证一个星期后就回来。

约翰尼蹑手蹑脚地走进病房。卡赞教授躺在床上,他的周围全是书,约翰尼刚进门时都没看见他,教授也完全不知道有人来探视。一分钟后,教授才注意到约翰尼,他赶紧放下手上的书,伸手欢迎约翰尼。

"你终于来了，约翰尼，谢谢你冒着生命危险为我做的一切。"

约翰尼确实冒了很大的风险。一个星期前从海豚岛出发时，他没想到那趟旅程竟如此危险。如果他事先知道……但他做到了，这才是最重要的。

"我很庆幸自己这么做了。"他简短地回答。

"我也这么想。"教授说，"泰西说红十字会的直升机来得正是时候。"

一阵尴尬的沉默之后，卡赞教授的语气轻快了些："你觉得昆士兰人怎么样？"

"哦，他们人很好，不过他们好半天才相信我是从海豚岛来的。"

"他们有这种反应我一点儿也不意外。"教授淡淡地说，"你在昆士兰都做了些什么？"

"我上了数不清的电视节目和电台节目，都快烦死了。冲浪最好玩。风浪没那么大的时候，他们会带我去海边，演示各种冲浪技巧。"他自豪地补充道，"我现在是昆士兰冲浪俱乐部的终身荣誉会员了！"

"听起来不错。"教授心不在焉地回答，显然在想什么事情。果然，教授很快就开口了。

"约翰尼，"他说，"卧床这么多天，我想了很多事，也做了很多决定。"

这话听着不太对劲，约翰尼不明白教授到底想说什么。

"我非常担心你的将来，"教授继续说，"你已经17岁了，该为将来做打算了。"

"您知道的，教授，我想留下，"约翰尼有点儿慌了，"我所有的朋友都在海豚岛。"

"我知道。但你的教育也很重要。奥斯卡只能教你一部分知识。如果你想成为有用之才，就必须学一门专业，发挥你的才能。你说对不对？"

"或许对吧。"约翰尼兴致缺缺地答道，心想，教授说的究竟是什么意思呢？

"我的意思是，"教授说，"下学期送你去读昆士兰大学。别那么不开心，没多远，从这到布里斯班只要一个小时，每个周末你都能回来。你总不能一辈子在珊瑚礁潜泳吧。"

约翰尼倒是乐意之至，但他心里明白教授说得对。

"你有我们这项研究最需要的技能和热情，"卡赞教授说，"但你还缺少学科知识和专业知识，这两样能在大学里获得。以后你就能在我未来的计划中发挥重要作用了。"

"什么计划？"约翰尼开始有些期待了。

"大部分内容你都了解。所有项目都是为了实现人与海豚之间的互利互助。这几个月我们已经有了一点儿头绪——捕鱼、采珠、开展救援行动、海岸巡逻、探查沉船、水上运动——这些都只是开始。海豚协助我们的方式可太多了！更厉害的是……"

有那么一刻，教授很想提起那艘石器时代沉没的外星飞船。但他和基思博士决定，在掌握更确切的信息之前对此事保密。这是教授的王牌，要等到合适的时机才能亮出。等某天他想增加预算，就去航天局透露一下这个海豚神话，然后等待资金到账……

"那虎鲸呢，教授？"约翰尼打断了他的沉思。

"这是一个长远的课题，目前还没有简单的解决办法。脑电波训练只是我们在定下最佳方案前不得已采用的一种手段。不过我想到最好的解决办法了。"

他指着房间另一边的矮桌子说："把桌上的地球仪拿来，约翰尼。"

约翰尼搬来了这个直径30厘米的地球仪，教授转了转。

"看这，"教授说，"我在考虑设立保护区，只允许海豚居住，禁止虎鲸入内。地中海和红海显然是最佳区域，只需要大约160千米长的围栏就能把保护区与大洋隔开。"

"围栏？"约翰尼难以置信地问。

教授聊得兴致勃勃。若没有泰西提醒，他好像还能继续聊几个小时。

"哦，不是铁丝网那样的固体围栏。等我们学会更多的虎鲸语，能与虎鲸交谈的时候，就可以用水下发声器引导它们远离我们不想让它们去的区域。在直布罗陀海峡放置一些水下发声器，再在亚丁湾里放置一些，这样就能让地中海和红海成为海豚的安全区。也许以后，我们可以把太平洋和大西洋隔开，一个大洋给海豚，另一个给虎鲸。你看，合恩角①离南极洲并不远，白令海峡也不宽，只有澳

---

① 合恩角：太平洋与大西洋的分界线，位于南美洲最南端。

大利亚南部海域这大段的距离最难封闭。多年来捕鲸业一直在讨论这种操作，迟早会实现。"

看到约翰尼一脸茫然的表情，教授笑了笑，又回到刚才的话题。

"要是你觉得我的想法有一半都难以实现，这很正常。究竟哪些可行，哪些无法实现，这就是我们要探索的。现在你明白为什么我想让你上大学了吧？是出于我的私心，也是为你考虑。"

约翰尼点了点头，还没来得及说些什么，门就开了。

"我说过，5分钟，你们已经聊了10分钟了。"泰西护士抱怨道，"约翰尼，快出去。这是您的牛奶，教授。"

卡赞教授说了几句俄语，明显是在抱怨。他不喜欢牛奶，但还是喝了下去。约翰尼若有所思地离开了病房。

约翰尼沿着林中小路向海滩走去。大部分倒下的树都被清理干净了，飓风好似一场没有真实发生过的噩梦。

涨潮了，大部分珊瑚礁都没入浅浅的海水中，水深不过1米。微风拂过水面，呈现出奇特美丽的景象。有的地方水面油油的，像镜面一样平滑，而其他地方的水面泛起无数细小的涟漪，随着反射阳光的角度不断变化，涟漪犹如珠宝璀璨夺目。

珊瑚礁美丽而宁静，在过去的一年里，这里就是约翰尼的全世界。但更广阔的天地在向他招手，他必须放眼更远的未来。

他不再为将来几年都要学习而感到沮丧。学习虽然辛苦，但也是一种乐趣。关于大海，他想学习的还有太多。

还有"海洋一族"，他也想了解更多。毕竟他们现在已经是朋友了。

关于作者和作品

  《海豚岛》是英国科幻作家阿瑟·克拉克以澳大利亚的大堡礁为背景创作的少年科幻小说。阿瑟·克拉克被誉为"科幻小说之王"，与艾萨克·阿西莫夫、罗伯特·海因莱因并称为"科幻小说黄金时代三巨头"，于1985年获得美国科幻与奇幻作家协会大师奖。他一生创作了100多部作品，作品总销量突破1亿册，并多次获得雨果奖、星云奖、轨迹奖等科幻领域的大奖。阿瑟·克拉克曾提出将人造卫星放置在地球静止轨道上作为中继站的构想，后来人们也将地球静止轨道称为"克拉克轨道"。

  《海豚岛》是一个海洋探险故事，探讨了人类与海豚建立联系后，可能对双方产生的深远影响。海豚聪明、友善，记忆力超群，它们能营救海难幸存者，搜索沉船，帮助渔民。根据海豚的记忆，我们甚至能知道几万年前地球上发生的事。

  故事中，卡赞教授研发了一种神奇的装置，名为"马克一号交流器"。它形似一块腕表，能将简单的动作指令转化为海豚听得懂的超声波。主人公约翰尼正是通过这种装置与两只海豚交流，并和它们成了好朋友。在21世纪，美国国家海洋哺乳动物基金会启动了CHAT[①]项目，旨在实现人类与海豚的双向交流。CHAT的测试原理与故事中"海豚语"的翻译原理基本相同。

由此可见，阿瑟·克拉克的科幻小说具有一定的科学启发性和预见性。未来，人类或许会将海豚语的分析技术应用于外星人搜索工程中，研发出地外文明智能筛选器，从收到的地外信号中筛选出"人造"信号，从而识别出外星人的语言，并进一步判断他们的智能程度。还有一种可能，那就是从海豚或其他高智商动物的口中打听到外星人的线索。像故事里讲的那样，说不定外星人在石器时代就到过地球——光是想象就觉得不可思议！

---

①全称为Cetacean Hearing and Telemetry，意思是鲸目动物听力遥测。